# 인연의
# 새로운
# 마디

이연숙 소설집

청어 도서출판

# 인연의 새로운 마디

이연숙 소설집

## 작가의 말

2017년 8월말 평생 몸담고 있던 교직에서 퇴임했다. 40년 가까이 사명감과 책임감으로 온 마음과 몸을 바쳐 치열하게 매진해온 일은 내 삶의 대부분이었다고 해도 과언이 아니다. 이 일터를 떠날 즈음의 마음은 복잡하기만 했다. 의무에서 벗어나는 홀가분함 뒤에 밀려오는 막연함이었다. 일이 빠져나간 자리를 무엇으로 메꾸어야 하나 생각하다가 퇴임사를 쓰기 시작했다. 그런데 이상하게도 퇴임사를 작성하고 나니 마음이 안정되었다. 여러 생각의 가닥을 잡아 구성하느라 뇌가 진땀을 흘리긴 했어도 손으로 컴퓨터 자판을 두드리는 기계적 행동이 산란한 마음을 진정시키는 역할을 한 것 같다. 그러면서 퇴임 후 뭔가 쓰는 것을 하면 평정을 찾으며 의미 있는 시간을 보낼 수 있을 것 같다는 생각이 언뜻 들었다. 이때 여러 글쓰기 중에서 나를 심하게 유혹한 것은 소설쓰기였다. 그동안 해왔던 연구논문이나 전공서적을 집필하는 것과는 다른 글쓰기이기 때문이다.

나는 드라마를 광적으로 좋아한다. 이는 미국유학에서 돌아와 김포 공항에 첫발을 내 디디면서 시작되었다고 볼 수 있다. 공항에 내리면서 가장 경이로웠던 것은 갑자기 주변에서 하는 모든 말이 귀에 쏙쏙 들어오는 것이었다. 모국어가 소통 수단이 아닌 나라에서 5년 가까이 살면서 이 사실을 까맣게 잊고 있었다. 그 경이로

움은 드라마를 보면서 더욱 더 생생해졌다. 미국에 있을 때는 드라마 대사를 대충 들을 수밖에 없어 재미를 거의 못 느꼈는데 이게 웬일인가? 드라마의 모든 대사가 남김없이 들리는 것이 아닌가? 대사를 놓치지 않고 들으며 드라마를 보니 너무나 재미났다. 그 재미는 환희에 가까운 희열조차 주었다. 그 후로 드라마에 빠지게 되었다. 드라마를 광적으로 좋아하는 것뿐만 아니라 타인의 인생에 관심이 많은 나의 성향과 등장인물을 창조해 이야기를 만들어내고 이들의 운명을 좌지우지 하는 작가의 막강한 권력행사(?)에 대한 매력 또한 소설쓰기를 택하는데 한몫 했다.

칠순쯤에 등단하려했던 계획이 칠순이 되는 올해 첫 소설집까지 내는 것으로 발전했다. 그것은 2018년 『문예연구』에서 「순분의 봄날」로 신인상을 받게 되어 등단이 조금 앞당겨 졌기 때문이다. 되도록 일찍 등단하라고 용기를 주셨던 박영순 고려대학교 명예교수님이 계셔서 가능했던 일이다. 『문예연구』, 『한국소설』, 『작가교수세계(구 소설시대)』를 통해 이미 발표했던 5편 소설들은 내용을 보완하고 수정했다. 이에 미발표 소설 2편을 합쳐 칠순을 자축하는 의미로 첫 소설집을 내게 되었다.

가정생활이 연구대상인 가정학을 평생 연구하며 가르쳐 오다가 퇴임하고 칠순이 되고 보니 자연스럽게 가정생활과 노인이 맞닿아 있는 노인의 가정생활이 소설 소재로 제일 먼저 떠올랐다. 특히 노인이 되면 누구나 맞닥뜨리게 되는 사별이나 이혼으로 홀로 지내야 하는 상황에 가장 관심이 갔다. 이 상황은 신체적 정신적으로 쇠퇴

해가는 시기에 있는 노인들에게 가장 큰 시련이고 이를 어떻게 극복하는 가가 남은 생의 행·불행을 결정지을 수 있기 때문이다. 그래서 첫 번째 소설집에 실린 7편 소설의 주인공들은 모두 홀로 남은 고독한 노인들이다. 이들 주인공들은 혼자되는 과정에서 상처를 받았지만 그 후에 펼쳐지는 지난한 삶 속에서 지푸라기 같은 작은 희망의 끈을 놓지 않고 견뎌가는 애처롭지만 꿋꿋한 노인들이다. 이런 황혼에 홀로 남은 노인들 얘기 속에서 자신의 모습을 언뜻 언뜻 발견하고 공감하고 위로를 받을 수 있다면 작가로서 이보다 더한 영광은 없을 것이다.

소설 소재는 주변에서 경험했던 일들, 라디오의 사연, TV의 드라마나 다큐멘터리, 여러 포털사이트 등에서 얻었지만 이는 모두 소설 쓰는 과정에서 재구성되었다. 자신과 유사한 얘기가 있을 수 있지만 세부적인 내용은 어디까지나 소설을 위해 창작 되었다는 것임을 이해해 주길 바란다.

첫 독자가 되어 가차 없는 비평을 해 준 조혜경, 조귀현, 김광순 및 그 외 친구들, 박영순 교수님과 신완식 교수님을 비롯한 문우들 그리고 가족에게 감사의 마음 금할 길 없다. 초보 소설가 소설의 서평과 조언을 함께 해 주신 작가포럼 회장님이신 이덕화 교수님과 선뜻 소설집 출판을 맡아주신 청어출판사 이영철 대표와 편집진의 수고에 깊은 감사를 드린다.

2021년 칠순을 자축하며
이연숙

## 작품 스케치

이 소설집에서 실린 작품의 주인공은 모두 사별이나 이혼으로 홀로 남겨진 노인들이다. 이를 나누어 보면 우선 사별로 홀로 남겨진 노인들 얘기이다. 「순분의 봄날」의 순분은 남편을 6·25전쟁에서 잃고 그 상처로 평생 한과 절망의 나날을 보내다가 치매로 망상 속을 헤매는 가여운 노인이다. 「인연의 새로운 마디」의 기준은 사별 후 아내와 얽힌 애틋한 추억을 통해 애도과정을 거친다. 사별 2주기 시점에서 아내의 평생 친구인 홀로된 영미의 모습에서 낯익은 아내의 모습이 겹쳐지면서 거부할 수 없는 운명처럼 서로 엮여지고 있는 것을 느낀다. 평소 서로 소통하지 않고 부부 갈등이 습관화된 「토탈커플」의 명희는 남편의 갑작스러운 죽음을 통해 남편의 사랑을 뒤늦게 깨닫는다. 남편과 사별한 후 며느리에게 의지해 온갖 정성을 다하는 「며느리의 비밀서랍」의 선영은 출생의 비밀로 인한 왜곡된 며느리의 태도에 절망한다.

그리고 남편의 외도로 어쩔 수 없이 이혼하게 되어 홀로된 노인들도 등장한다. 하늘같이 믿고 있던 남편이 첫사랑을 만나 사랑에 빠져 이혼했던 주인공은 꿈 해몽을 믿고 사랑을 찾아 헤매다가 좌절한 후 자신이 걸어야 할 길의 불은 스스로 밝히는 노후를 보내야겠다고 선언한다(「사랑의 미망」). 남편과 이혼 후 노후에 사랑하는 사람을 만났어도 자신의 상처로 상대에게 집착하면서 관계가 어긋

나나 선배의 도움으로 사랑의 의미를 이해하고 찾아가는 주인공도 있다(「생선가시 발라주는 남자」). 토탈커플이라는 소리까지 들었지만 쇼핑중독증 남편이 너무나 당당하게 외도까지 하게 되어 참지 못하고 끝내 이혼해 스스로 혼자가 된「토탈커플」의 경란도 있다.

7편의 작품 중 「토탈커플」의 순애는 유일하게 남편이 생존한 주인공이다. 순애는 사업 부도라는 경제적 어려움을 겪으면서 뇌경색까지 와 혼자서는 거동 못하는 남편을 지극 정성으로 보살피며 남편이 같은 하늘 아래 숨 쉬고 있다는 자체가 기쁨이라고 말하고 있다. 이는 결혼생활 시작부터 서로 간에 신뢰가 구축되어 역경을 견디어내고 보듬는 힘이 생겼기 때문에 가능한 일이다.

아버지 반대 때문에 첫사랑과 맺지 못하고 다른 남자와 결혼해 이혼까지 했지만 퇴임을 하며 경제적으로 무능력하고 외도만 일삼던 아버지와 화해하는 「아버지의 두 얼굴」 주인공은 늙어만 가는 노인에게도 선물같이 주어지는 관용과 포용이 있다는 것을 보여준다. 노인에 이르러 비로소 세상을 보는 성숙된 시야를 갖게 되어 그동안 보지 못 했던 아버지세대의 불행을 이해하고 첫사랑과 헤어지게 된 것 조차 받아 드리는 너그러움의 지혜가 생기게 된 것이다. 노래의 가사처럼 늙어 가는 것이 아니라 익어가는 것이라는 노인의 모습을 보여주는 주인공이다.

# 차례

4   **작가의 말**

7   **작품 스케치**


11   순분의 봄날

33   아버지의 두 얼굴

57   며느리의 비밀서랍

83   토탈커플

113   사랑의 미망

139   생선가시 발라 주는 남자

169   인연의 새로운 마디

195   한 시대의 자화상


196   **해설**

　　　한 시대의 자화상-이연숙 「인연의 새로운 마디」 창작집

　　　_이덕화(작가포럼 대표, 평론가)

9

순분의 봄날

# 순분의 봄날*

　희미한 달빛이 어둠을 가까스로 밝히고 있는 산. 팔순을 훌쩍 넘긴 순분이 힘겹게 산에 오르고 있다. 숨이 가빠지면서 턱턱 막히고 오래 동안 고생했던 무릎 통증이 밀려와 걷기 힘들었다. 야생 동물들의 울음소리도 간간히 들려오고 누군가 자신의 등덜미를 잡아당기는 것 같아 몸이 오싹 거리며 식은땀이 나기도 했다. 무서움을 이기기 위해 순분은 평소 즐겨 부르는 '봄날은 간다' 노래를 웅얼거렸다. 낮에 봐두었던 산등성이 아래 있는 무덤을 찾았다. 낮에 봐두기는 했지만 어두운 가운데 잡목과 덤불이 우거져 있어 찾기가 쉽지 않았다. 그동안 돌보는 사람이 없었는지 무덤 위의 잔디는 거의 다 헤어져 있고 봉분의 형태도 거의 남아 있지 않아 찾아내는 것이 더욱 더 어려웠다. 서너 번 이리저리 헤매다가 간신히 무덤을 찾았다. 무덤 앞에서 가쁜 숨을 진정 시킨 순분은 가져온 호미로 무덤 주변을 파기 시작했다.

　—대체 어디 있지! 내가 꼭 찾고야 말거야. 찾아야 되고말고.

　결연한 표정으로 중얼거리며 한참동안 땅을 파헤치자 호미 끝에서 무언가 걸리는 것이 느껴졌다. 흙을 걷어냈더니 찾는 것이 드러나기 시작했다. 순분은 그것에 묻은 흙을 조심스럽게 털어낸 후 배

---

* 2018년 문예연구 신인상 수상 작품.

낭 속에서 깨끗이 빨아 곱게 다려 온 헝겊을 꺼내어 펼쳐놓고 정성
스럽게 쌌다. 이를 비닐 봉투에 다시 담아 가져온 배낭 속에 넣었
다. 그리고 이 세상을 다 가진듯한 뿌듯한 마음으로 환한 미소를
지으며 산을 내려오기 시작했다. 원하는 것을 찾은 순분은 아픈 무
릎 통증과 어둠의 산이 주는 두려움도 모두 잊어버리고 산을 내려
오다가 동네 청년을 만났다. 동네 청년은 한 밤중에 등에 배낭을
지고 산에서 내려오는 순분이 너무 수상했고 더욱이 등에 진 배낭
을 신주단지 모시듯이 하는 것에 갑자기 의심이 생겼다. 그래서 의
심스러운 눈길을 순분에게 떼지 못하면서 물었다.

　—할머니, 야심한 시간에 어디 다녀오세요? 이상하네, 근데 배
낭에는 뭐가 있어요?

　—별걸 다 물어보네. 내가 찾은 것이니까 내 거야. 상관 하지 말
고 가던 길이나 가봐!

　하며 청년을 쏘아붙였다. 청년은 순분의 완강한 태도와 기세에
질려 가던 길을 갔다. 순분은 휴우 하며 바삐 집으로 들어가 마당
에 허름하게 지어진 창고를 찾았다. 창고는 허름했지만 문에는 자
물쇠가 굳게 채워져 있었다. 순분은 바지 주머니에서 열쇠를 찾아
창고 문을 열고 안으로 들어갔다. 창고 안에는 크고 작은 항아리들
이 여러 개 있었다. 순분은 그 중 한 항아리의 뚜껑을 연 후 무덤에
서 가져온 것을 조심스럽게 넣고 조용히 닫았다.


　순분은 충청도 작은 시골 마을에서 소작농의 외동딸로 태어났
다. 순분 부모는 전국을 떠돌며 장사를 하고 있었는데 순분이 태

어날 즈음 이 씨 집성촌인 이 마을로 와서 정착하게 되었다. 이 마을 부근 거의 모든 땅을 소유해 대부분 가정을 소작농으로 거느린 이찬영의 넓은 집은 동네를 감싸고 있는 나지막한 산 아래 자리 잡고 있었다. 이찬영 부친이 돈을 벌어 이 고장에 자리를 잡고 근처의 땅을 사들였고 그 후 수완이 좋은 이찬영이 더욱 더 많은 토지를 소유하게 되었다. 그래서 이 마을에서는 이찬영 땅을 밟지 않고는 어디든지 갈 수 없다고 했고 이 집에서 기르는 개를 보고도 '부잣집 개'라고 말 할 정도였다, 이찬영은 부친의 성품을 물려받아서인지 인심이 후하고 소작농을 너그럽게 대해 마을에서 이 집안 땅을 부쳐 먹고 있는 소작농들은 모두 큰 불만 없이 지내고 있었다. 순분 부모는 이 마을에 와 처음에는 이 집안 대소사 때 허드렛일을 도와 주기도 하며 지내다 이집의 소작농이 되었다. 순분 부모는 이집 덕분에 자신들이 이 마을에서 발붙이고 밥 먹으며 산다고 하며 이찬영을 하늘처럼 여기며 고마워했고 이 집안일이라면 자신들 일보다 먼저 팔을 걷어붙이고 뛰어들곤 했다.

이찬영은 아들이 둘 있었다. 이 마을 순분 또래 여자애들은 두 아들에 관하여는 사소한 일 조차도 화제 거리로 삼을 정도였고 두 아들은 이들의 선망 대상이었다. 석재는 이 집안 둘째 아들이었다. 석재 형님은 고등학교 졸업 후 일본의 와세다 대학교로 유학 갔다. 둘째 아들인 석재는 공부에 별로 취미가 없고 농사일과 이 집안에서 막 시작한 인삼 재배에 관심이 더 많았다. 석재는 대부분 마을 아이들이 다니는 국민(초등)학교와 중학교를 마친 후 근처 도시에 있는 농업고등학교에 들어갔다. 아버지가 하는 소작농 관리를 돕고

인삼 재배를 도와 가업을 이으려 했기 때문이다. 순분은 어머니가 석재네 집의 허드렛일을 도와주러 갈 때 가끔 따라가곤 했다. 그때마다 사랑채 대청마루에서 하모니카를 부는 석재를 먼발치에서 보곤 했다. 햇볕에 그을리긴 했지만 눈썹이 진하면서 이목구비가 뚜렷한 석재는 옷소매를 걷어붙이고 다부진 팔뚝을 들어낸 채 두 손으로 하모니카를 잡고 불고 있었다. 동네 여자애들의 화제 속에서 수없이 등장했고 그래서 더욱더 동경해왔던 석재를 먼발치에서나마 볼 수 있는 것을 큰 행운이라고 생각했다. 그 모습을 보고 있는 것만으로도 순분은 가슴이 뛰고 얼굴이 달아오르는 것을 느꼈다. 나중에 알고 보니 석재가 하모니카로 구슬프게 연주했던 노래는 '봄날은 간다' 였다.

동네 뒤에는 나지막한 산이 있는데 마을사람들은 모두 이를 뒷동산이라고 불렀다. 순분도 어릴 때부터 이곳에서 친구들과 놀기도 하고 봄이면 벚꽃구경도 가고 쑥도 캐고 취나물 잎도 따오곤 했다. 여름이면 소나무가 우거진 시원한 그늘을 찾고 가을이면 붉게 물든 단풍나무 잎이나 노란 은행잎을 주어 와서 책갈피에 끼워 말리기도 했다. 특히 뒷동산에 오르면 석재의 넓은 집이 한 눈에 보이고 운이 좋을 때는 석재가 마당을 지나가거나 마루에 앉아 무언가를 하는 모습을 아주 작게나마 볼 수 있어서 좋았다.

연두 빛 새싹이 파릇파릇 온 산을 뒤덮고 봄꽃들이 앞 다투어 피어나는 어느 봄날이었다. 석재 집에서 뒷동산으로 오르는 오솔길은 경사가 지어져 있었는데 오솔길 양 옆으로 벚꽃이 한창 이었다. 순분은 벚꽃이 더 지기 전에 꽃구경을 하고 싶어 점심을 먹고 경사진

오솔길을 올라가고 있었다. 그때 자신을 부르는 남자 목소리가 나서 올려다보니 다른 곳에 비하여 경사가 다소 급격하고 자갈이 깔려있어 미끄러운 산길에 석재가 넘어져 있었다.

—순분이니?

석재가 자신의 이름을 알고 부르는 것에 다소 놀라기는 했지만 빨리 석재 가까이로 올라갔다.

—제 이름을 어떻게 아시고……. 그런데 어쩌다 그리되셨어요. 일어나지도 못하시는 것을 보니 많이 다치셨나 봐요.

—내가 길을 내려오다가 미끄러져 넘어지는 바람에 발이 삐끗했는지 통 걸을 수가 없네. 혹시 괜찮으면 나 좀 일으켜 세워주고 부축 좀 해 줄 수 있니?

—네, 저도 그냥 꽃구경 나온 참이었어요. 바쁜 일도 없어요. 제가 집까지 모셔다 드릴게요.

순분의 도움을 받아 석재는 근처에 있는 나무 등걸을 잡고 간신히 일어나 순분의 어깨에 팔을 올려놓고 절뚝거리며 산을 내려왔다. 순분은 석재와 이렇게 몸을 밀착해 본 적이 없어 부끄럽기도 했지만 가슴이 두근거렸다. 석재 몸무게로 부축하기가 다소 힘겨웠지만 마치 안겨진 것 같은 느낌이 들어 황홀하기조차 했다. 석재는 자기 집에 어머니를 가끔 따라와 집안일을 거들어 주었던 순분을 눈여겨보고 있었다. 자그마하고 몸매가 가녀리긴 하나 눈이 크고 얼굴선이 곱고 여성스러운 순분이 자신을 몰래 훔쳐보곤 하는 것을 처음에는 은근히 즐기다가 점점 여성으로 관심을 가지게 되었다. 그날도 석재가 뒷동산으로 산책을 나갔다가 순분이 올라오는 것을 보고 일부러 넘어져 다리를 삐끗해서 순분의 눈에 띄게 한 것이다.

그날 이후 둘은 집안 어른들의 눈을 피해 만났고 만남이 쌓일수록 서로가 하루도 안보면 살 수 없을 만큼 깊이 사랑하게 되었다. 어느 날 석재가 이름 모를 야생화를 한 아름 꺾어 와 순분에게 주면서,

―순분아, 너 하고 같이 있으면 너무 행복해. 나랑 혼인하자.

이 말을 듣고 순분은 너무 감격하여 눈물을 흘리며 석재에게 안 겼다. 석재는 순분을 꼭 안아주며 자신의 두툼한 입술을 순분의 작은 입술에 대고 뜨거운 키스를 했다. 순분은 선망하고 흠모하던 석재와 결혼하는 도저히 불가능할 것 같은 일이 눈앞의 현실이라는 사실에 심장이 터질듯 한 주체할 수 없는 희열을 느꼈다.

석재는 부모님께 순분과의 결혼을 승낙해 달라고 했다. 석재 어머니와 누나들은 집안의 허드렛일을 도와주고 자신들의 땅을 부쳐 먹는 소작농의 딸인 순분을 며느리로 맞이하는 것이 꺼려져 많이 반대했다. 그러나 이찬영이 허락해 마당에서 결혼식을 성대하게 올리고 동네잔치를 했다. 이찬영은 별채를 손질해 석재 부부를 살게 했다. 석재 어머니와 누나들 그리고 이 집안 친척들이 순분을 노골적으로 멸시하고 구박하는 바람에 순분은 고된 시집살이를 했다. 그러나 자상하고 따뜻한 석재가 순분을 감싸고 사랑해 주어 큰 위로가 되었다. 석재는 하루 종일 이일 저일 하면서 파김치가 되어 방으로 들어오는 순분의 어깨며 팔과 다리를 정성스럽게 주물러 주었다. 어디서 구했는지 떡, 과일, 유과 등 간식거리를 감추어 두었다가 주기도 했다. 명절이나 순분의 생일에는 금 쌍가락지를 사다 주거나 빛이 고운 한복감을 사서 옷을 지어 입으라고 했다. 아무도

없이 둘 만 있을 때는 석재가 하모니카로 '봄날은 간다'를 불면 순분은 반주에 맞추어 나지막하게 노래를 부르기도 했다. 시집살이가 고됐지만 밤마다 다부진 팔로 자신을 뜨겁게 안아주면서 사랑해주는 석재와의 신혼 생활은 순분의 일생에서 가장 행복한 순간 이었고 따스한 봄날이었다. 석재만 곁에 있으면 어떤 가혹한 인생의 시련도 견딜 것 같았다. 석재가 하늘이고 자신 삶의 모든 것이었고 석재를 위해서라면 못할 일이 없을 것 같았다.

1년 남짓한 행복은 석재가 군대에 입대하자 사라졌다. 시집생활을 하는 순분에 대한 걱정과 변치 않은 애정을 넘치도록 담아 보내주는 석재의 편지만이 순분이 살아가는 유일한 이유였다. 순분은 석재가 어서 빨리 군대를 마치고 제대할 날 만 손꼽아 기다렸다. 일각이 여삼추 같다는 말이 실감 나는 나날이었다. 석재가 군대에 입대한 지 1년 정도 지난 후 6·25전쟁이 터졌다. 순분은 석재가 너무 걱정되어 밥맛도 없고 일도 손에 잡히지 않았다. 어느 날 밤이 어둑어둑한 새벽에 순분은 악몽을 꾸다가 잠이 깼다. 석재가 순분이 너무 보고 싶어 군대에서 탈영 했다 하면서 부스러지듯이 포옹하는 순간 갑자기 세찬 비바람이 불면서 집과 담장이 부서지고 마당에 있는 큰 감나무가 뿌리 채 뽑혀져 자신과 석재를 덮치는 꿈이었다. 순분이 일어나 보니 식은땀이 흥건히 등줄기에 배어 있었다. 그동안 많은 악몽을 꾸었지만 이 꿈을 꾼 후로는 석재한테 무슨 변고가 있는 것은 아닌가 하는 불안하고 두려운 마음으로 온몸이 타들어가는 듯했다.

며칠 후, 석재의 전사 소식이 전해졌다. 시신이나 유골도 수습 못한 채 달랑 조그만 쇳조각에 석재의 군번이 새겨진 인식표만 전달된 것이다. 순분은 석재 전사 소식을 듣고 숨이 막히고 세상이 멈춘 듯했다. 너무 막막해 눈물도 나오지 않았다. 석재가 없으면 아무 일도 할 수 없었다. 석재가 전사한 후 순분에게는 이 세상 삶이 무의미 해져 모든 것이 시체로 보였다. 순분의 안에 있는 모든 욕망, 기쁨, 분노, 슬픔 등과 같은 감정조차도 죽은 느낌이었다. 순분은 자신이 시체로 느껴졌다. 먹고 마시는 시체, 시집살이를 고되게 하는 시체, 밤이면 관속에 들어가서 자는 시체. 석재가 없는 순분은 박제된 시체로 세상을 견디어 내는 삶을 이어갔다. 이렇게 삶의 의미를 모두 상실한 순분은 석재의 뒤를 따라가기로 했다. "팔자가 세어 남편을 잡아먹었다."고 하면서 순분에 대한 시집 식구들의 지독한 냉대와 저주도 순분의 자살 결심을 재촉했다. 순분은 뒷동산에 올라가 석재가 넘어졌었던 근처 나무 아래 잠시 앉아 자신의 부축을 받으며 내려왔던 석재와의 애틋했던 추억을 떠올리며 실컷 목 놓아 한참 울었다.

―석재 씨, 저도 곧 당신 곁으로 갈 테니 기다리세요. 당신 혼자 계시니 얼마나 외로우세요. 제가 동행해 드릴게요.

그리고 순분은 준비해 온 끈을 나뭇가지에 묶고 목을 매었다. 그런데 뒷동산을 넘어 일 하러 가던 이찬영 집안의 머슴에 의해 숨이 끊어지기 직전에 발견되었다. 동네 의원에서 어렵게 의식을 되찾은 순분은 뱃속에 석재의 아기가 자라고 있는 것을 알게 되었다. 6·25 전쟁이 터지기 직전에 석재가 잠시 휴가를 나온 적이 있어

꿈같은 날을 보낸 적이 있었는데 그때 아기가 생긴 것이었다. 남편을 앞세웠다고 몹시 미워하며 구박하던 시집 식구들은 순분의 자살 시도에 많은 충격을 받았다. 그리고 순분의 뱃속에서 자라는 석재 자식을 생각해 자신들 집 옆에 작은 집을 마련해주고 논과 밭을 넉넉하게 물려주었다.

순분은 아들을 낳은 후 시댁에서 마련해 준 집에서 생활했다. 시댁에서 물려준 논과 밭이 있어서 경제적으로는 별 문제 없이 살게 되었으나 석재에 대한 그리움은 날이 갈수록 깊어졌다. 순분은 석재가 즐겨 부르던 하모니카, 석재가 군대 있을 때 보내주었던 편지, 석재가 사주었던 금 쌍가락지, 석재의 사진, 석재의 군번이 새겨진 인식표 등을 넣어둔 작은 상자를 수시로 꺼내어 쓰다듬기도 하고 가슴에 품기도 하고 편지를 읽고 또 읽으면서 눈물지었다. 잠을 자려고 베게에 머리를 대면 석재와 함께했던 장면들이 떠올라 잠을 쉽게 이룰 수가 없었다. 경제적으로 궁핍하지 않고 외아들인 기훈도 별로 속을 썩이지 않고 잘 자라고 있기 때문에 석재에 대한 추억과 애틋함만이 순분의 삶을 온통 지배했다. 석재에 대한 그리움만 가슴속에서 활화산처럼 불타면서 다른 모든 것은 시베리아의 동토같이 꽁꽁 얼어 죽어있는 시체와 같았다. 그렇게 순분의 인생은 석재 전사소식을 받은 시점에서 멈춰 버렸다.

기훈은 어릴 적에 큰 집의 사촌 형들이나 동생들은 아버지와 어머니가 모두 계시는데 왜 자신은 아버지가 없냐고 순분에게 물어본 적이 있었다. 순분은 갑자기 눈빛이 흐려지더니 "아버지는 하늘나라에 계시다."라고 말해 주었다. 기훈은 처음에 그 말이 무슨 뜻인지 모르고 아버지가 다른 나라에 있고 시간이 지나면 자신과 어머니를 보러 돌아올 것이라고 생각했다. 초등학교 들어가서야 아버지가 하늘나라로 가셨다는 말의 의미가 무엇인가를 깨닫게 되었다. 아버지가 6·25전쟁에서 전사했다는 것과 유골조차 아직까지 발견되지 않았다는 것을 알게 되었다. 당시 집안이 넉넉했던 할아버지가 여러 가지 수단을 동원해 아버지가 군대 가는 것을 면제해 주었음에도 불구하고 자진해서 입대했다는 얘기를 들었다. 이를 알고 나서 한편으로는 아버지가 어머니와 자신을 외면 것과 같아 야속하기도 했지만 조국을 위해 목숨 바쳐 헌신한 아버지가 무척 자랑스러웠다. 그리고 어머니가 조그만 상자에서 석재의 하모니카, 사진, 편지, 금 쌍가락지, 인식표 같은 것을 몰래 꺼내 보며 눈물 흘렸고 자신을 키우는 일 이외에는 모든 것에 무관심했고 심지어 평소에 웃는 일조차 거의 없었는지 그 이유를 알게 되었다. 아버지 전사와 관련된 여러 일을 안 후 기훈은 어머니의 비통한 마음과 아버지에 대한 그리움을 이해하게 되었다. 그리고 어머니가 목숨을 버텨온 것은 오로지 자신을 잘 키워내기 위한 것이라는 것을 깨닫고 어머니를 실망시키는 일은 하지 말아야 되겠다고 생각했다. 그래서 한눈팔지 않고 학창 시절을 보냈고 6·25전쟁에 대한 관심으로 사학과에 입학했다. 졸업 후 아버지 유해 찾는 일과 관련이 있는 보훈처 공무원이 되었다.

기훈이 결혼하고 자리를 잡자 순분은 시부모가 물려준 땅을 처

분해 휴전선 근처 철원에 집을 마련해 혼자 생활했다. 철원 인근은 석재가 전사했다고 추정되는 곳이었다. 어딘가 묻혀있는 석재 곁에서 남은 생을 석재를 그리면서 살고 싶었기 때문이다. 기훈은 어딘가에 외롭게 묻혀있을 아버지를 생각하니 마음이 아파왔다. 그래서 기훈은 어머니가 죽기 전에 자신이 꼭 해야 할 일은 아버지의 유골을 찾아내는 일이라고 생각했다. 그동안 기훈은 유골을 찾기 위해 육군본부와 전국 각지를 돌아다니며 갖은 노력을 하였으나 별 성과가 없었다. 그러던 중 '6·25전사자 유해발굴 등에 대한 법률과시행령' 법령 시행령이 발효되었다. 기훈은 어머니에게 이 사실을 알리기 위해 철원 어머니 집으로 달려갔다.

  ―어머니~ 기쁜 소식이 있어요. 나라에서 6·25전쟁 중에 전사한 국군의 유골을 찾아주는 법이 통과 되었대요. 어머니가 그토록 애타게 찾으시려고 했던 아버지 유골도 곧 찾을 수 있을 거예요.

  ―아니, 그게 사실이냐! 그동안 그렇게 너의 아버지 유골을 찾으려고 해도 못 찾았는데……. 나라에서 그런 일을 하는 법이 통과되었다니 다행이네. 이제 죽어도 여한이 없을 것 같구나. 기훈 아버지 조금만 기다리세요. 제가 기훈이와 같이 곧 당신의 유골을 찾아 양지바른 곳에 모실게요. 당신 유골을 찾으려는 제 평생소원이 하늘에 닿아 이런 법이 통과 되었나 봐요.

  기훈이 이 법령의 시행을 알렸을 때 순분은 얼굴이 환해지면서 기쁨을 감추지 못했다. 기훈이 태어나서 그토록 어머니가 기뻐하는 모습을 본 것은 처음이었다. 자신이 명문대학인 S대학교에 입학 했을 때와 공무원 시험에 합격했을 때보다 더 기뻐하는 것 같았다. 기훈은 국군수도병원에 가서 채혈을 해 6·25전쟁 중에 돌아가신 아버지의 유골을 찾아달라는 DNA감별접수를 국방부에 정식으로 했다.

순분은 석재의 유골을 찾는 자신의 소망이 곧 이루어질 것 같아 너무 기뻤다. 그래서 인제·원통·연천·철원 지역 등 여러 사단들이 대대적인 전사자 유골 발굴 업무에 투입되었다는 소식에 큰 기대를 걸고 있었다. 특히 순분이 살고 있는 철원지역의 발굴 소식이 있어 더 큰 기대를 했다. 그러나 석재의 유골을 찾았다는 소식은 들려오지 않아 순분의 실망감은 점점 커져갔다.

그 즈음 순분은 어릴 적 기분이 울적할 때마다 자주 갔었고 석재와 인연을 맺게 했던 뒷동산을 생각하고 집 뒤에 있는 야산에 다니기 시작했다. 처음에는 조금 올라가다 겁이 나 멀리 못 가고 내려오곤 했다. 그러다가 수풀, 나무, 덤불, 새들의 지저귐 등이 자신의 마음을 포근하게 품어주는 것 같아 점점 산에 자주 가다 보니 깊은 산 속까지 가게 되었다. 산에 오르다보면 무연고 무덤들이 많이 보였다. 순분은 봉분이 거의 닳아 없어진 무연고 무덤을 보면 혹시 석재도 이런 곳에 묻힌 채 있는 것이 아닌가 생각하고 무덤 앞에 털썩 앉아 손으로 쓰다듬어 주거나 잡초들을 뽑아 주곤 했다. 석재의 유골 발굴이 늦어지게 되자 순분은 초조한 마음을 달랠 길 없어 근처의 산을 점점 더 헤매고 다녔다.

―기훈 아버지, 어디 계셔요. 얼마나 춥고 외로우세요. 죽기 전에 당신의 뼈 한 조각이라도 제 손으로 꼭 찾아 편안한 곳으로 보내드릴 거예요.

석재 유골을 찾고자 하는 간절한 마음이 깊어지자 순분은 손 놓고 무력하게 기다리기만 하는 것이 고통스러웠다. 그래서 자신이 직접 유골을 찾아야겠다고 생각하고 사람들의 이목을 피해 깊은 밤마다 힘겹게 산에 올라 무덤을 파헤치기 시작했다.

어느 봄날, 이상기온으로 폭우가 쏟아져 순분이 사는 마을을 가로지르는 개천의 둑이 일부분 무너졌다. 근처 군부대에서 복구공사를 위해 소속 병사들이 대민 지원 활동을 하러 나왔다. 순분은 한 무리의 병사들이 개천 둑에 모여 있는 것을 보고 가슴이 덜컥 내려앉았다. 순분은 석재가 군에서 전사한 후 군인들이 모여 있는 것을 보면 전쟁이 연상되어 마음이 몹시 불안해졌다. 군인 집단들 때문에 석재가 숨진 것 같아 분노가 치밀어서 참을 수가 없었다. 그래서 둑 보수 공사를 하는 군인들한테 다가가 다짜고짜 소리를 지르며 작업하고 있는 삽을 빼앗으려 했다.

—너희들은 누구야! 누구 허락을 받고 이런 공사를 하는 거야?

—할머니 왜 그러세요. 무너진 둑을 그대로 두면 할머니 사시는 근처 집들이 물에 다 잠길 수가 있어요.

—무슨 허튼 소리야! 우리 집은 멀쩡한데. 내가 속을 줄 알고. 꼴도 보기 싫으니 썩 물러가지 못해!

순분은 화가 난 목소리로 앞을 가로 막고 삽을 빼앗아 말리려는 군인들을 칠 기세였다. 그때 순분의 귀에 익은 '봄날은 간다'를 부르는 휘파람 소리가 들려왔다. 작업 나온 김 이병이 둑에 앉아 잠시 쉬다가 작업을 방해하는 순분을 보고 돌아가신 할머니 생각이 나서 부는 휘파람이었다. 순분은 휘파람 소리 나는 쪽을 보았다. 그때 순분은 자신의 눈을 의심했다. 군복을 입은 석재가 둑에 앉아서 휘파람을 불고 있는 것이 아닌가. 순분은 허겁지겁 둑으로 달려갔다. 눈썹이 짙고 이목구비가 뚜렷한 햇볕에 그을린 얼굴에 걷어올린 작업복 아래의 다부진 팔뚝이 자신을 격정적으로 안아 주었던 영락없는 석재였다. "아, 기훈아버지~" 하며 순분은 반가움으로 가슴이 벅차 김 이병 가까이 가 손을 덥석 잡는 순간, "김 이병, 그만 쉬고 작업하자."라는 소리가 뒤에서 들려왔다. 그 소리에 정신이 돌아온 순분은 "세상에 뭐 이런 일이 다 있어!" 하며 신음 같은 혼잣말을 했다.

　—할머니, 해치려는 게 아니고 둑이 다시 무너지지 않도록 작업하는 거예요.

　김 이병이 순분에게 손이 잡힌 채 자신을 아껴주던 할머니를 생각하고 부드럽게 말했다. 순분은 이내 누그러져 김 이병의 이름과 부대를 묻고선 조용히 작업 현장을 물러났다. 순분은 집으로 달려가서 상자 안에 있는 석재의 사진을 부리나케 꺼내서 뚫어지게 보더니, "기훈 아버지와 너무 똑같아! 정말 닮았어. 기훈 아버지가 돌아온 줄 알았어."라고 중얼거리며 울음을 터트렸다.

　며칠이 지난 후, 순분은 오랜만에 거울을 보고 머리도 곱게 빗고 며느리가 사다준 화장품도 얼굴에 발랐다. 옷장을 열어 이 옷 저 옷 몸에 걸쳐 보더니 가장 빛깔이 화사한 옷을 입고 김 이병의 부대를 찾아 갔다. 김 이병을 만나러 간다고 하니 마치 그 옛날 석재를 만나러 갈 때와 같이 가슴이 두근거리고 설렜다. 김 이병이 근무하는 부대 앞에는 벚나무들이 한창 꽃을 피우고 있었는데 흐드러지게 핀 꽃을 보니 석재와 손잡고 벚꽃 길을 산책하던 생각이 났다. 마음이 들뜨고 벚꽃에 취해 순분은 석재를 만나는 것과 같은 착각에 빠지게 되었다. 면회실에서 조금 기다리니 김 이병이 나타났다. 순분은 싸 들고 온 떡, 김밥, 음료수, 귤 등을 전해 주었다.

—우리 동네 앞 개천 공사하느라고 고생 많았지? 부대원들과 나누어 먹으라고 음식 좀 가져왔어.

—고맙습니다. 할머니. 부대원들과 잘 나누어 먹을게요.

김 이병은 음식 보따리를 들고 부대로 들어갔다.

그 후 순분은 김 이병을 하루라도 안 보면 살맛이 안 나고 궁금해서 미칠 지경이었다. 손자뻘 되는 김 이병에 대한 연정으로 가슴이 벅차고 하늘을 둥둥 나는 것 같았고 세상의 모든 것이 아름답게 보였다. 김 이병이 가까이에 있고 잠시라도 볼 수 있다는 것이 너무 행복했다. 석재에 대한 애끓는 그리움만 남아서 산송장과 다름없었던 순분은 석재를 만났던 시간으로 돌아가 다시 살아 숨 쉬는 생명체로 부활한 것이다. 순분에게 또 한 번 인생의 봄날이 찾아왔다. 순분은 김 이병이 보초를 서는 시간까지 알아내어 거의 매일같이 김 이병을 만나러 부대와 초소로 찾아갔다. 순분은 김 이병 부대에서는 모르는 사람이 없을 정도로 유명해졌다. 부대의 병사들은 순분을 김 이병의 애인이라 말하기도하고 웬만하면 사랑을 받아 주라고 하며 놀리기까지 했다.

어느 날, 순분은 주먹밥을 정성스럽게 싸가지고 부대를 찾아 갔는데 김 이병이 외출해야 한다며 주먹밥을 막무가내로 뿌리치고 도망치듯 걸어갔다. 순분은 몰래 김 이병의 뒤를 밟았다. 김 이병은 순분이 자기 뒤를 밟는 것을 눈치 채지 못하고 읍내로 발걸음을 빨리 했다. 김 이병은 읍을 가로지르는 개천의 다리 위에서 젊은 여자를 만나더니 서로 포옹 했다. 젊은 여자는 면회하러 온 김 이병의 여자 친구였다. 나무 뒤에서 이를 지켜보고 있던 순분은 마치 남편의 외도 현장을 목격한 여자 같이 질투로 순간 눈에서 불이 났다. 순분은 손살 같이 달려가 김 이병 여자 친구의 머리채를 잡으며 소리쳤다.

─이 불여시 같은 년은 누구야! 벌건 대낮에 무슨 짓 하는 거야! 남세스럽게…….

─아니, 누군데 야단이에요! 아하, 오빠 좋아한다고 부대에 소문난 그 할머니구나. 정말 기가 막히네. 할머니 정신 차리시고 주제 파악이나 하세요. 손자뻘 되는 김 이병한테 무슨 맘을 품고 계시는 거예요. 아휴, 망측해!

김 이병 여자 친구는 악을 쓰며 자신의 머리채를 잡고 있는 순분을 밀쳐내려고 버둥거렸다. 옆에서 어이없는 광경을 쭉 보고 있던 김 이병은 두 사람을 뜯어 말리며 결심한 듯 단호하게 말했다.

─할머니, 챙겨 주시는 것은 고맙지만 너무 부담스러워요. 오랜만에 제 여자 친구가 면회 왔는데 다짜고짜 말도 들어 보시지 않고 이렇게 하시면 어떻게 해요. 다시는 저를 만나러 오지 마세요.

이 말을 들은 순분은 심하게 낙담한 듯 창백한 얼굴에 눈물을 글썽이며, "기훈 아버지! 내가 얼마나 기다렸는데……. 다른 여자에게 한눈을 팔면 난 어찌 살라고."라며 혼자말로 중얼거리면서 여자

친구와 팔짱을 끼고 멀어져가는 김 이병을 허탈하게 쳐다 볼 뿐이
었다.

며칠이 지난 후, 순분은 커다란 상자를 가지고 초소에서 선배 병
사와 함께 보초를 서고 있는 김 이병을 찾아갔다. 김 이병은 순분
을 보자 당황하고 외면하려고 했다. 순분은 김 이병에게 다가가 상
자를 내밀며 애원하는 목소리로 말했다.

—선물이 있어. 이 상자를 받아 줘. 나한테는 정말 중요한 거야.
꼭 받아줘. 이것을 보면 내 맘 알거야.

—근무 중인데 이렇게 또 오시면 어떻게 합니까? 할머니 저는 곧
이 부대를 떠납니다. 할머니가 주시는 것 더 이상 받지 않겠습니다.

—안 돼! 나를 두고 어디를 떠난다는 거야. 이것 다 줄 테니 가
지마.

순분은 김 이병이 떠난다는 소리에 눈물을 쏟으며 상자를 받지
않으려는 김 이병에게 억지로 상자를 주려 했다. 김 이병과 상자를
사이에 두고 서로 실랑이를 벌이다 순분은 그만 상자를 떨어트리면
서 정신을 잃고 쓰러지고 말았다. 그 바람에 상자 뚜껑이 열리며 안
에 들었던 것이 쏟아져 나왔다. 쏟아진 것을 본 김 이병과 보초 서
고 있던 병사가 너무 놀랐다. 상자 안에는 사람의 유골이 가득 들어
있었던 것이다.

기훈은 어머니가 쓰러졌다는 연락을 받고 급히 병원으로 달려
왔다. 순분은 의식은 찾았지만 아직도 핏기가 가신 해쓱한 얼굴이
었다. '기훈 아버지~'를 중얼거리며 힘없이 침대에 누워 있었다.

담당의사가 기훈을 불렀다.

―충격 받으신 일이 있으셨나 봐요. 링거도 맞고 하셔서 이제 곧 일어나실 거예요. 그런데 혹시 검사를 받아보신 적이 있으신지요. 치매가 많이 진행되신 것 같은데 상태가 심각합니다. 치매로 과거에 갇혀 현실과 망상을 구분 못 하셔서 이대로 혼자 계시면 무슨 일을 저지르실지 모르겠습니다.

의사는 걱정스럽게 말했다. 순분이 치매라는 소리를 들은 기훈은 매우 충격을 받았다. 부대 사람으로부터 순분의 기이한 행동을 들었던 기훈은 가슴에 응어리진 아버지에 대한 끈질긴 그리움과 한이 집착으로 변해 치매가 되면서 이런 행동으로 나타나게 된 것 같다고 생각했다. 그래서 순분이 더욱 애처로웠고 이를 눈치 채지 못한 자신의 무심함에 심한 자책감이 들었다.

기훈은 순분이 기력을 완전 찾을 때까지 기다리느라고 연가를 내어 며칠 순분의 집에서 지내고 있었는데 형사들과 군부대 사람들이 찾아왔다.

―이 집에 유골에 있다고 군부대에서 신고해 수색하러 나왔습니다.

방에 있다가 이 소리를 들은 순분은 문을 박차고 나오며 소리를 질렀다.

―이 사람들은 누구야! 내 집에서 썩 꺼져!

사람들이 자물쇠로 굳게 닫힌 창고 앞에서 문을 열려고 하자 순분은 화들짝 놀라며 팔을 벌려 완강하게 막았다.

―여긴 안 돼! 절대로 안 돼!

이때 부대에서 나온 김 이병이 순분 앞에 나서면서 "할머니 괜찮아요. 저만 보여 주세요." 하니 순분은 순순히 "꼭 보여 줄 것이 있어." 하며 김 이병만을 창고로 불러 들였다. 김 이병은 순분 몰래 같이 왔던 사람들을 창고로 뒤따라 들어오게 손짓 했다. 창고 안에는 항아리가 여러 개 있었는데 뚜껑을 열어본 후 모두 깜짝 놀랐다. 항아리 안에는 그동안 순분이 모아둔 유골들이 가득 들어 있었다. 일생 동안 순분을 스쳐 지나간 상처들이 집착이 되어 그녀를 밤마다 무덤으로 내몰아 땅을 헤집고 찾아낸 유골들이었다. 형사들은 유골의 신분 확인을 위해 순분이 모아두었던 유골을 모두 가져갔다.

　얼마가 지난 후, 석재가 어머니를 자신의 집으로 모시러 왔는데 형사들이 다시 순분의 집을 찾았다. 놀랍게도 순분이 모아온 유골 중에서 석재의 유골이 발견되었다고 했다. 몇 년 전 국군수도병원에서 채취한 기훈의 채혈 DNA를 비교 분석하고 법의인류학적 감식을 통해 기훈과 부자 관계가 확인된 석재 유골이 발견된 것이다.

　─아니 어떻게 이런 기막힌 우연이 있을 수 있어요. 글쎄 할머니가 파 오신 유골 중에 이석재씨 유골이 있었네요. 저희들도 도저히 믿겨 지지가 않습니다.

　─어머니! 아버지 유골을 찾았대요. 모아 두셨던 유골 중에서 발견 되었으니 어머니가 찾으신 거예요.

　기훈이 주체할 수 없는 감정으로 울음을 터트리며 순분에게 말했다. 순분은 기훈의 말에 아무 대꾸를 하지 않고 있다가 기훈이 우는 모습을 보며, "너희들이 울렸지? 왜 울린 거야! 근데 아버지는 어디 가셨지? 곧 오실 테니 울지 마."라며 엉뚱한 말을 했다. 초점

없이 허공을 응시 하던 순분은 석재가 전사 한 후 석재인양 애지중지 해왔던 바로 그 상자를 장롱 속에서 꺼내더니 안에 있는 낡은 하모니카를 만지작거렸다. 그러던 순분은 갑자기 "연분홍 치마가 봄바람에 휘날리더라~" 하며 '봄날은 간다'라는 노래를 흥얼거렸다.

기훈이 어릴 적부터 수없이 들어왔던 노래였지만 오늘따라 유난히 애절하게 느껴졌다. '어머니는 지금 아버지가 하모니카 반주를 해 주고 있는 망상 속을 헤매고 있는 것인가? 치매로 현실과 망상을 왔다 갔다 하는 어머니는 자신이 밤마다 파헤친 무덤속의 수많은 유골 중에서 아버지 유골이 발견되었다는 사실을 알기나 한 것인가?' 하는 상념에 이르자 기훈은 어머니의 인생을 송두리째 앗아간 지나간 전쟁의 상처들에 대한 참담함이 온 몸을 휘감는 것을 느끼며 가슴이 무너져 내렸다.

가여운 순분의 봄날은 갔다. 아니! 전쟁에 의해 저항 한번 못한 채 속수무책으로 무참히 빼앗겼다.[*]

---

[*] 이 소설은 2017년 9월 9일에 방영되었던 MBN의 '기막힌 이야기—실제상황' 프로그램의 '할머니의 슬픈 짝사랑'을 소재로 하였음.

아버지의 두 얼굴

# 아버지의 두 얼굴

퇴임을 앞두고 연구실 정리하느라고 정신없는데 경희 전화를 받았다. 경희는 어린 시절부터 이웃에 살며 같은 학교까지 다니다 보니 숟가락 몇 개 있는 것조차도 아는 듯 우리 집안일을 훤히 꿰고 있는 친구다. 경희가 서재에 어지럽게 쌓여 있는 물건을 치우다 우연히 우리 아버지 얘기가 쓰여 있는 수필집을 발견했는데 내가 꼭 봐야 될 것 같다며 만나자고 했다. 경희의 전화로 돌아가신 지 20년 가까이 지난 아버지가 떠올랐다. 아버지에 대한 기억의 첫 자락은 언제나 '미운 아버지'였다. 그리고 왜 엄마는 이런 아버지와 이혼 안하고 살았을까 하는 의문이다.

아버지는 전남 무안에서 태어났다. 그곳에 있다가는 평생 농부로 살아갈 수밖에 없을 것 같아 14살 때 가출해 원산으로 갔다. 낯선 곳에서 제대로 할 만한 일을 찾을 수 없어 가출 후 고생을 많이 했다. 그러다가 어느 미국 선교사집에서 허드레 일을 해주며 지냈다. 그 집에서 생활하던 중 공부에 관심을 갖게 됐다. 전기 값을 아끼느라 선교사가 저녁 일찍 전등을 꺼버리면 전기불이 켜있는 인근 공중화장실로 가서 그 불빛으로 새벽까지 초등학교 교과서부터 공부했다. 학교를 다니면서 아버지는 전교 수석을 놓치지 않을 정도로 공부를 잘해 경성사범학교에 무난히 들어갔다. 아버지는 내가 공부를 소홀이라도 할라 치면 "공부할 수 있는 환경인데 왜 공부를 안 하느냐."고 했다. 그런 말을 들을 때마다 나는 "공부만 잘 했으면 뭐해. 돈도 못 버는데."하며 무능력한 아버지를 무시하며 원망했다. 그러니 아버지의 탁월했던 학업에 대한 성취는 흥미가 없었고 재미있는 엄마와의 연애 얘기만 잊혀지지 않고 있다.

원산에서 경찰서장을 지냈던 지역 유지 집안 맏딸인 엄마는 교회 성가대를 지휘하던 아버지에게 반했다. 서울에서 경성사범학교를 졸업한 것도 대단해 보였는데 외모까지 출중해서 엄마의 마음을 사로잡은 것 같다. 언젠가 아버지의 젊은 시절 사진을 본 적이 있었는데 '이수일과 심순애' 영화의 한 장면을 연상시키는 제복 입은 모습은 내가 봐도 멋지게 보였다. 엄마는 어떻게 해서든지 아버지 마음에 들기 위해 애를 많이 썼다. 혼자 사는 아버지한테 음식을 가져다주기도 하고 뜨개질로 장갑이나 모자도 떠주기도 하고, 어떤 때는 자취하는 집에 가서 청소나 빨래까지도 해주었다고 했다. 성가대원들이 밤새 가가호호 다니면서 캐럴송을 부른 어느 해 겨울 크리스마스에는 아버지하고 밤새 함께 있고 싶은 마음에 생리가 터져 엄청 고생하면서도 끝까지 쫓아다녔다. 그날 새벽에 귀가해 외할아버지한테 많이 혼났지만 아버지와 크리스마스를 함께한 로맨틱함에 비하면 아무것도 아니었다라고 했다. 엄마는 아버지를 너무 좋아해 한시라도 떨어질 수 없다며 외할아버지한테 결혼하게 해 달라고 졸랐다. 외할아버지는 처음에는 가난한 아버지와의 결혼을 반대하다가 혼자 공부해 경성사범학교까지 졸업했던 아버지를 잠재성 있다고 생각하고 허락했다. 그 당시 엄마는 아버지에게 달달한 사랑의 콩깍지가 씌워져 결혼해서 닥칠 고생은 꿈에도 생각하지 못했을 것이다.

내가 자라며 봐 온 가장 눈에 익은 아버지 모습은 경제적으로 무능력한 뒷모습이다. 바느질 가게를 운영하며 어렵게 생계를 끌어가는 엄마가 재봉틀 서랍에서 매일 아침 용돈을 주면 그 돈을 받기 위해 기다리며 서 있었다. 이런 아버지의 경제적 무능력은 6·25전쟁에서 비롯되었다고 할 수 있는데, 이 전쟁은 민족의 수난사이지만 우리 가족의 수난사이기도 했다. 그 당시 냉전 이데올로기에 의해 거짓 신고로 겪는 우리 가족과 같은 수난은 주위 많은 사람들도 겪는 흔한 일이었다.

아버지가 서울에 있는 초등학교의 교감이 되면서 우리 가족은 원산에서 서울로 이사 왔다. 능력이 뛰어나서인지 아버지는 동창생들에 비해 일찍 교감이 되었다. 9·28 수복 후 어느 날 아버지가 경찰서에 끌려갔다는 연락을 받은 엄마는 눈앞이 아득했다. 초등학교도 다니기 전인 오빠와 두 언니를 이모한테 맡기고 경찰서로 쫓아가 보니 아버지가 유치장에 여러 명의 젊은이들과 함께 갇혀 있었다. 좌익사범이라 가족들조차 면회가 안 된다고 했는데 엄마가 울며불며 간청해서 간신히 아버지를 만날 수 있었다. 6·25전쟁 중에 학교에서 좌익 활동을 하는 위원회가 조직되었는데 교감을 맡은 아버지가 당연직 운영위원장으로 추대된 것이다. 아버지는 이름만 걸어놓고 사상이 맞지 않아 활동은 전혀 한 적이 없었는데 어떻게 자신이 끌려왔는지 모르겠다고 했다. 아마 경성사범학교 동창생이었던 같은 학교 동료 교사가 아버지한테 좌익사범 누명을 씌워 고발했을 것이라고 했다. 시샘 많던 그 동료 교사는 아버지가 자신보다 먼저 교감이 된 것에 불만을 품어 아버지를 쫓아내려고 일을 꾸민 것 같았다. 전쟁 직후여서 공산당이라고 누가 고발하면 정당한 재판과 확인과정 없이 그냥 잡아들이는 시기였다.

엄마는 그날 이후 아버지와 소식이 끊겨 여기 저기 수소문해 보고 헤매면서 점쟁이도 많이 찾아다녔던 것 같다. 그러다가 대구 교도소에 있는 아버지를 우연히 발견한 작은외삼촌이 손을 써서 간신히 나왔지만 이후 좌익사범의 굴레를 벗을 수 없었다. 그래서 학교 재취업도 할 수 없게 되자 큰외삼촌이 설립한 미용기술학원에서 서무과장으로 일하면서 학원의 살림살이를 맡아 했다. 엄마도 당시이 학원생들의 제복 등을 납품하며 돈을 벌었기 때문에 우리 집안이 경제적으로 가장 윤택했던 시절이었다. 별 탈 없이 잘 살던 집안은 큰외삼촌의 갑작스러운 사망으로 아버지가 퇴직하게 되어 어려움이 다시 시작되었다.

아버지는 학원에서 받은 퇴직금으로 피마자기름 공장을 차렸다. 교직생활에만 익숙했던 아버지는 동업자가 사기 치는 바람에 사업 시작하자마자 전 재산을 날렸고 많은 빚까지 떠안게 되었다. 그 큰 집에 험상궂은 장정들이 들이닥쳐 이곳저곳에 빨간 딱지를 붙였던 광경이 아직도 생생하다. 그 후 우리 가족은 집다운 집에서 산 적이 없었다. 불광동 시장 구석에 있는 부엌과 방 한 칸이 나란히 붙어 있던 조그만 살림집, 독박골이라는 산속 깊은 곳에 위치한 무허가 집의 작은 입구에 아궁이와 방 한 칸이 있는 집을 떠돌았다. 이런 집들 2층에서 엄마가 바느질 방을 차려놓고 한복집을 운영했는데 그 수입으로 우리 식구는 근근이 버티며 살았다. 이런 비좁은 집에는 변소가 있을 공간이 없었다. 대야에 물 받아 겨우 세수만 할 수 있는데 겨울철에는 연탄불에 데워 썼고 목욕은 일주일에 한 번 인근 공중목욕탕을 이용했다. 변소가 없기 때문에 공중변소를 이용했는데 아침이면 공중변소 앞에 사람들이 쭉 줄을 서 있었다. 소변은 방에 요강을 두고 해결했지만 대변은 어쩔 수 없었기 때문이다. 나도 매일 아침 사람들 틈에 줄을 서서 기다렸는데 그 일이 정말 싫었다. 어쩌다 불광동 시장부터 독박골까지 쭉 이웃에 살았던 경희를 만나게 되면 부스스한 머리와 눈곱도 안 뗀 얼굴을 서로 가리키며 키득거리며 웃었다. 기다리는 시간이 길어지면 학교 선생님이나 친구들의 뒷담화를 하곤 했다. 이 덕분에 경희와 '공중변소동지'라는 연대감이 생기면서 단짝 친구가 되었다. 춥고 더운 날이나 비가 오는 날이면 공중변소 가는 것이 엄두가 안나 못 가고 참다보니 그 어린 시절에 이미 치질이 생겼다.

이런 환경에서 살다보니 나는 감수성이 가장 예민한 시절에 이 꼴저꼴 많이 목격하면서 지냈다. 매일 재봉틀 앞에 앉아 바느질하는 엄마의 모습, 옷이 안 맞는다며 엄마에게 큰소리로 불평하던 손님들의 모습, 시장에서 술 취한 사람들이 고함치면서 서로 때리며 싸우던 모습 등등. 엄마는 손님들이 요구하는 기일에 맞추느라 일이 많이 밀리면 어린 나에게 잠 안 오는 약을 사오라고 심부름 시키곤 했다. 그럴 때면 뭐가 좋았는지 신이 난 나는 득달같이 뛰어 약을 사다 드렸는데 지금 생각하면 철딱서니가 없었던 것 같다. 심부름 하면서 생기는 용돈에 눈이 어두워 그게 무슨 약인지도 모르고 사다 드렸으니 말이다. 지금 다시 떠올려 봐도 도저히 있을 수 없는 열악한 주거환경에서 집안 식구들 먹여 살리고 자식들 교육 시키려고 엄마는 고생을 많이 했던 것 같다. 그 즈음 아버지는 국회의원인 친구 아버지의 지역구 사무실에서 사무장직을 맡아 매일 출근하여 직원관리며 회계 관리 등 모든 업무를 총괄해 주면서도 무보수로 일했다. 엄마는 살아보려고 각성제까지 먹어가며 아등바등 일하느라 고생하는데 자신은 돈 한 푼 받지 않고 일하며 고고하게 폼만 잡고 사는 무능력한 아버지를 좋아 할 수가 없었다.

그 외에도 아버지를 더욱 더 미워 할 수밖에 없었던 일이 있다. 우리 남매들은 아버지 고향이고 할머니 할아버지가 계신 곳인 무안에 방학이면 가끔 놀러갔었다. 우리가 갈 때마다 정말 잘 해주던 시골 아낙네가 있었다. 눈도 작고 얼굴이 펑퍼짐해 예쁘지는 않았으나 푸근한 모습이었고 둘째 언니 또래의 순자라는 딸이 있었다. 우리는 그 여자를 잘 따랐고 좋아해서 큰엄마라 불렀고 당연히 큰아버지와 일찍 사별한 줄 알았다. 큰엄마는 엄마와는 비교도 안 되게 빼어난 요리솜씨로 매일 맛있는 음식이 가득한 밥상을 정성스럽게 차려주었다. 엄마는 한복집을 하느라 바빠 아버지나 우리에게 밥을 지어주는 일이 드물었다. 어쩌다가 해 주는 일이 있었는데 그 음식을 맛나게 먹어 본 적이 별로 없다. 그러나 큰엄마가 해 주는 음식은 정말로 맛있었다. 옥수수, 감자 등을 쪄서 수시로 간식까지 챙겨 주었으니 우리 남매들은 큰엄마가 해주는 음식이 그리워서도 방학이면 아버지를 졸라 무안에 가자고 했다. 그런데 아버지가 큰엄마를 대하는 것이나 큰엄마가 아버지를 보는 모습에서 무언가 좀 야릇한 것을 느꼈다.

초등학교 어느 여름방학 때 아버지와 단둘이만 무안에 간 적이 있었는데 무안에 도착한 다음날 아침 평소보다 일찍 일어난 나는 아버지가 큰엄마 방에서 나오는 것을 보았다. '아니, 왜 아버지가 큰엄마 방에서 나올까? 아침부터 큰엄마한테 무슨 할 말이 있었나?'라고 생각했다. 그날 동네 앞 냇가에서 순자와 친구들과 놀다가 목이 말라 혼자 돌아왔는데 아무도 없는 집에서 큰엄마와 아버지가 마루에 앉아 소근 소근 얘기하고 있었다. 두 사람은 얘기에 열중했는지 내가 대문으로 들어서는 것을 알아채지 못한 것 같았다. 큰엄마는 수줍게 미소를 띠며 아버지 말을 열심히 들으며 고개를 끄덕이고 있었다. 그런 큰엄마를 아버지는 애잔한 듯 한참 바라보더니 팔을 들어 등을 감싸 안는 것이었다. 나는 둘 사이의 묘한 분위기를 보자 더운 여름 살림집 2층에서 힘겹게 바느질을 하고 있을 엄마 생각이 나서 갑자기 퉁명스럽게 큰엄마를 불렀다.

—큰엄마! 뭐하시는 거예요? 목말라 죽겠어요. 물 좀 주세요.

이 소리에 아버지와 큰엄마는 화들짝 놀라는 눈치였다. 큰엄마는 옷매무새를 황급히 고치더니 부엌으로 들어가 대접에 물을 떠다 주었다. 그날 이후 무안을 떠날 때까지 나는 아버지와 큰엄마가 같이 있는 것을 보거나 무슨 말을 하는 것을 보면 심통을 부리며 방해했고 해주는 반찬이 맛이 없다고 투덜거렸다. 그럴 때마다 성격이 괄괄했던 엄마와는 달리 다소곳했던 큰엄마는 어쩔 줄을 몰라 했고, 아버지는 "어제까지는 맛있다고 헐레벌떡 먹더니만 오늘은 어디가 어떻다고 투정을 부리고 야단이니? 먹기 싫으면 먹지 마!"라며 평소답지 않게 소리 높여 나를 꾸짖었다. 집안의 돈줄을 좌지우지 하면서 우리 가족을 먹여 살리는 엄마한테는 감히 음식 투정 할 엄두조차 내지 못하는 나였다. 그것은 엄마의 무지막지한 매를 버는 일이었기 때문이다.

내가 서울에 올라와 큰엄마 얘기를 했더니 엄마는 큰엄마라 하지 말고 순자엄마라고 부르라 해서 이상하다고 생각했다. 나중에 커서야 그 이유를 알고 나서 나는 아버지에게 많이 실망했다. 큰엄마는 바로 엄마를 만나기 전 무안에 살 때 아버지 뜻과 무관하게 부모님이 강제로 맺어준 여자였다. 아버지는 그 여자의 얼굴을 처음 보자마자 정이 떨어져 가출해 원산에서 엄마를 만나 다시 결혼한 것이다. 그녀는 남편이 다른 여자와 결혼한 것을 알면서도 시부모를 모시고 평생 살다가 세상을 하직했다. 평소에는 남편 얼굴도 못보고 살다가 명절이나 방학 때 부모님을 뵈러 내려간 아버지와 합방했는지 둘째언니와 동갑인 딸을 출산해 키웠다. 그 딸이 순자였다. 우리 엄마도 아버지를 만나 만만치 않게 고생했지만 그녀의 불행도 같은 여자로서 가엾은 생각마저 들기도 했다. 그런데 엄마 입장에서 일 년에 서너 번씩은 꼭 부모님 뵈러 무안에 가는 아버지를 보는 심정은 어땠을까?

엄마와 결혼 전 강제로 맺어준 여자가 시부모를 모시고 살며 결국 아이까지 만들었으니 한방에서 잤다는 증거다. 그 여름방학 이른 아침 아버지가 큰엄마 방에서 나온 그날도 합방한 날이었을 것이다. 나는 생각이 여기에 이르자 아버지가 몹시 추잡해 보이며 용서가 안 되었다. 나도 이런데 엄마의 심정은 말로 표현하기조차 어려웠을 것이다. 아버지가 고향에 내려갈 때마다 한방에서 그 여자와 잠자리를 하는 아버지를 상상하는 것만으로도 엄마는 지옥을 넘나드는 것 같은 고통을 느꼈을 것이다. 이런 엄마의 고통을 생각하니 나는 아버지가 더욱 미웠다. 고향에 여자가 있는 것만으로도 모자라 아버지의 외도는 그 후에도 두 번씩이나 이어졌다. 모두 엄마 한복집에서 일했던 과부들이었는데 그 중 한 과부는 아버지 아이까지 낳았다. 시앗을 보면 부처도 돌아앉는다고 하는데 믿고 있던 여자들한테까지 배신당한 엄마가 여자로서 얼마나 힘들었을지는 짐작도 할 수 없다.

아버지를 더욱 더 나에게서 멀어지게 한 것은 내 첫사랑 남자와의 결혼을 적극 반대한 것이다. 내가 경기여고를 가기 위해 재수할 때였다. 엄마는 어느 날 남학생을 데리고 와서 바느질 방에 붙어있는 오빠가 쓰는 골방에서 같이 지내게 했다. 엄마와 같은 성당을 다녔는데 살 곳이 없다고 해서 우리 집에 들인 것이다. 그 당시 경제 상황이 좋지 않아 살 곳 없는 사람들이 많았다. 엄마는 우리 살기도 빡빡했지만 주변에 어려운 사람이 있으면 거두어 주었다. 경기여고에 대한 로망이 컸던 나는 그가 경기고등학교에 다닌다는 것만으로도 우러러 보였는데 후리후리한 키에 얼굴까지 준수했다. 그에게 나는 첫눈에 마음을 빼앗겼다. 나는 맛있는 것이 생기면 먹고 싶은 것도 참아가며 감추어 놓았다가 그의 손에 쥐어 주기도 하고 그의 방에 공부 배운다는 핑계로 수시로 들락거렸다. 이렇게 이팔 청춘 남녀가 한집에 살며 수시로 눈도 맞추고 몸도 슬쩍슬쩍 스치며 지내다 보니 자연스럽게 가까워져 연인 사이가 되었고 급기야는 철없이 결혼까지 약속했다. 나는 그와 연애 하느라 한눈을 팔아서 였는지 재수했음에도 불구하고 경기여고에 떨어져 2차 시험을 보고 다른 여고에 들어갔고 문과생이었던 그는 서울대학교 영문과에 진학했다.

아버지가 우리 둘 사이를 눈치 챘는지 이일로 그를 탐탁지 않게 생각했다. 그래서인지 아버지는 영문과 졸업한 사람은 도저히 될 수 없는 의사라야만 나와 결혼할 수 있다고 틈만 나면 공공연히 말했다. 나하고 사랑에 빠져 결혼까지 생각했던 그는 의사 사위만 보겠다는 아버지의 뜻에 부응해 삼수까지 하면서 서울소재 의대에 들어갔다. 그러자 아버지는 또 다른 핑계를 대며 그와 가까이 지내는 것을 완강하게 반대했다. 부모도 없고 경제적 형편도 미덥지가 못하다는 것이다. 아버지의 반대와 멸시에 참고만 지내던 그가 어느날 드디어 폭발했다. 나에게 선을 보라고 권유하는 아버지 말에 그동안 억눌러왔던 분노가 한계에 달해 눈이 뒤집혔던 것이다. 술을 먹고 집에 들어와 방안에 있는 물건을 내던지고 부수며 심지어 엄마까지 때리는 행패를 부렸다. 그 일로 그는 완전히 아버지의 눈밖에 나버렸다. 그래서 아버지는 그를 집안에서 내쫓고 나한테는 금족령을 내렸다. 나는 자살 소동까지 벌였지만 아버지 마음을 되돌릴 수는 없었다. 그가 우리 집에서 쫓겨났다는 소문이 동네에 나돌았는지 여대에서 피아노 전공하는 절름발이 딸이 있는 집에서 데리고 가더니 사위까지 삼아 버렸다. 그래서 나하고는 영영 헤어지게 된 것이다.

그 이후 나는 첫사랑의 상처를 안은 채 별로 맘에도 없는 사업하는 남자와 도망치듯 결혼 했다. 아버지는 첫사랑과의 결혼 반대를 위해 의사 사위만을 보겠다고 했지만 막상 그가 눈앞에서 사라지자 언제 그랬느냐 싶게 의사는 안중에 없고 남편 집안의 막대한 재력만 눈에 들어왔던 것이다. 그러나 남편은 그 많던 재산을 거듭되는 사업 실패로 모두 날리더니 카지노 도박에 손을 대며 빚까지 계속 졌다. 나는 생활을 위해 서류상으로 위장이혼하면서 기다려주었지만 남편은 갈수록 도박 중독에 빠져 헤어나지 못했다. 더 이상은 버틸 수가 없어 결국 실제로 이혼 하게 되었다.

전화를 받고 며칠이 지나 경희와 만났다. 경희는 만나자 마자 무심했던 나에게 예쁜 눈을 살짝 흘기며 투덜댔다.

―야! 대학교수가 뭐 그리 대단한지 참 만나기 힘드네. 이제 너도 드디어 퇴임하니 앞으로는 자주 좀 만나자.

―퇴임을 하려니 이것저것 정리해야 할 일도 많고 해서 좀 바빴어. 퇴임하면 그동안 얼굴 자주 못 본 것 한꺼번에 다 보자. 근데네가 갑자기 아버지 얘기를 꺼내니 아버지 미워했던 일만 새록새록 떠오르네.

―그래? 그렇게 좋은 아버지를 평생 미워만 하는 너를 보면 너무하다는 생각이 들어. 나는 너의 아버지 같은 분이 우리 아버지라면 얼마나 좋을까하고 부러워했는데…….

시장에서 순대 장사를 하며 식구를 먹여 살리는 엄마에게 평생 일정한 직업도 없이 술주정뱅이로 살면서 손찌검을 일삼았던 아버지를 둔 경희였다. 그런 경희와 나는 어릴 때부터 결이 좀 다르긴

하지만 아버지를 미워한다는 공통점이 있어 이를 쏟아내면 받아주곤 해왔다. 경희가 나에게는 가물가물하기만 한 아버지에 대한 추억을 끄집어내기 시작했다.

—너는 아버지 미워했던 기억만 떠오를지 몰라도 사실 나는 네 아버지가 나한테 잘해 주셨던 추억이 훨씬 많아. 네 아버지는 인자한 모습으로 내가 놀러 가면 너의 단짝 친구라고 반기시며 대화도 자주 나누셨고 살갑게 챙겨 주셨어. 어느 날 내가 네 생일에 불러서 간 적이 있는데 생닭을 사다 우리를 앉혀 놓고 직접 요리해 주셨어. 너하고 앉아 생닭을 칼로 토막 내시는 아버지가 어떻게 요리를 하려나 하고 신기하게 바라보았던 기억이 생생해. 그때 해주셨던 닭요리를 맛있게 먹었던 추억이 있어서인지 지금도 내가 닭요리를 좋아하잖아. 그 시절에 딸 생일에 생닭을 사다가 닭요리를 직접 해주는 아버지가 어디 있었겠니. 넌 아버지가 닭요리 해 주셨던 것 생각 안나니?

기억 저편에 숨겨져 있던 아버지의 닭요리 추억을 경희가 불러내자 웬일인지 자상했던 아버지 모습이 꼬리를 물듯이 떠올랐다. 대보름 명절날이면 빠지지 않고 부럼을 사와 엄마와 우리 남매들을 앉혀 놓고 각자 앞에 놓아진 신문지에 호두, 땅콩 등을 순차적으로 배급해 주었던 일, 퇴근 때 가끔 엿, 국화빵 같은 자질구레한 간식거리를 사들고 와서 물자 귀한 그 시절 먹는 즐거움을 주었던 일, 미술 사생대회에 뽑혀 그림 그리러 창경원에 갔을 때 사진 찍어 주었던 일도 생각났다.

고등학교 입학시험에 두 번 떨어진 후 철없이 죽겠다고 난리치던 나를 위로하며 용기를 주었던 일도 있었다. 당시 분위기가 경기여고나 이화여고 같은 일류 고등학교 교복을 입고 다녀야 돋보이던 시절이어 여기 진학하기 위해 중학교 3학년 때 혼자 공부를 한 적이 있었다. 혼자서 입시준비를 하다 보니 역부족이었는지 첫해에 떨어졌다. 재수를 해 다시 도전했지만 또 떨어졌다. 두 번째 낙방하자 앞이 캄캄해지며 그 남학생 보기도 창피했고 살기도 싫었다. 광화문에 있는 학교에 가서 또 떨어진 것을 확인한 후 무조건 버스를 타고 생전 처음가본 곳으로 가고 있는데 산이 보여 버스에서 내렸다. 산에서 떨어져 죽으려고 산을 쭉 올려보았더니 낮아서 떨어질 만 한 곳도 안 보였다. 그러다가 날이 저물자 무서운 생각이 들어 산에서 떨어져 죽는 건 포기했다. 그렇다고 집으로 들어가는 것도 싫어 부잣집으로 들어가 식모살이나 해야겠다고 생각했다. 이집 저집 둘러보았으나 초인종조차 누를 용기도 나지 않아 공중전화를 찾아 아버지에게 전화했다. 한복 만드느라 정신이 없을 엄마한테 전화하면 일하는데 방해가 될 것 같았기 때문이다.

—아버지! 경기여고 시험에 또 떨어졌어요. 무슨 낯으로 집에 들어가요. 산속에서 죽든지 식모살이나 하려고 하니 딸 하나 없는 셈 치고 더 이상 찾지 마세요.

이 전화를 받은 아버지가 "애구, 우리 막내딸이 시험에 또 떨어져 힘이 많이 드나보네. 경기여고에서 아까운 인재를 놓쳤네. 우리 딸은 똑똑해서 거기 안가도 나중에 훌륭하게 될 거야. 2차 시험 봐서 다른 학교 다니면 되는데 무슨 문제야."라며 평소 품성대로 아주 온화하게 위로하며 사무실로 오라고 설득 했다. 전화기 너머로 경희의 울먹이는 목소리도 들렸다.

―죽긴 왜 죽어! 네가 죽으면 난 어떻게 하라고.

나는 못 이기는 척하고 아버지가 일하는 사무실로 갔더니 아래층에 있는 식당으로 나와 경희를 데리고 갔다. 맛있는 것을 사주며 달래주었음에도 불구하고 부끄럽고 힘들어서 펑펑 울기만 했는데 아버지가 사람들 본다며 몸을 구부려 가려주었다. 그때 달래주었던 아버지의 따뜻했던 모습이 주마등처럼 스쳐 지나갔다.

예상 치 못하게 떠오른 다정했던 아버지 기억들로 인해 잠시 혼란스러워졌다. 아버지가 잘해 주었던 것도 꽤 있었는데 왜 나는 이런 것들을 모두 애써 외면하고 미움만 간직하고 있었을까? 라는 의문이 마음속에서 일어나고 있는데 경희가 말을 계속했다.

―내가 대학 간다고 했을 때 일찍 취직해 돈이나 벌어 와야 된다며 우리 아버지가 극심하게 반대 했던 것 기억나? 이제 와서 고백하는 것이지만 내가 기어이 교대에 가서 초등학교 교사가 된 게 모두 네 아버지 가르침 덕분이야. 아버지는 참교육자이시며 교육에 대한 확고한 신념이 있으셨던 것 같았어. 일본학자 마께구찌의 교육학에서 배운 것이라며 세 가지 유형의 인간을 말씀 하셨던 것 생각나니? 첫째, 필요 없는 사람, 둘째, 있으나 마나 한 사람, 셋째, 꼭 필요한 사람이라며 우리들 보고 세 번째 유형인 '꼭 필요한 사람'이 되라고 항상 강조하셨잖아. 이런 말씀 하시는 것을 듣고 난 내가 '꼭 필요한 사람'이 되려면 어떻게 해야 하나 많이 고민했어. 그러다가 네 아버지같이 선생님이 되면 되겠구나 하는 생각이 들었던 거야.

경성사범학교를 스스로 힘으로 졸업하고 교사가 되었던 아버지가 자식 한 명이라도 본인처럼 교육자로 살아가길 바라는 마음을 간절하게 표현했던 것이 떠올랐다. 그런데 아이러니하게도 우리 4남매들 중 아버지를 가장 미워했던 나만 교육자의 길을 걷게 되어 그 뜻을 받든 꼴이 된 것이다. 나는 어려운 환경이었지만 고등학생 시절 이 악물고 노력해 명문대학교 단과대학 수석으로 들어간 후 줄곧 장학금을 받아가며 공부해 박사학위까지 마치고 교수가 된 것이다. 아버지의 소망이 부지불식간에 나의 무의식 속에 자리를 잡았던 것일 수도 있다. 경희까지도 아버지 가르침에 영향 받았다고 하는 것을 들으니 처음으로 아버지의 교육자적인 신념에 존경심이 생기는 것 같았다.

―그리고 자식들에게 한 번도 큰 소리 치시거나 매를 대시는 일이 없으신 것도 정말 좋아보였어. 수시로 술에 절어 폭력을 휘두르는 우리 아버지와 너무 비교가 되었어. 초등학교 다닐 때였던가? 내가 너와 머리끄덩이 잡아가며 심하게 싸운 적 있는 것 생각날지 모르겠네. 이를 우연히 보신 네 아버지가 우리 둘을 앉혀 놓고 누구의 잘잘못인지를 소상하게 말씀해 주시며 다시는 그러지 말라고 타일러 주셨잖아. 그 모습을 보며 훌륭한 아버지시구나라고 생각했어. 그건 그렇고 엄마는 너를 왜 그렇게 많이 때리셨니? 엄마한테 그렇게 맞고도 엄마는 사랑하기만 하고 미워 한 적은 없었어?

―엄마가 아버지 바람기 때문에 힘드셨고 갱년기를 거치시느라고 감정 조절이 잘 안되셨는지 분노가 일 때마다 우리에게 매를 많이 대시긴 했어. 엄마한테 맞은 상처가 사실 적지 않았지만 엄마를

워낙 좋아하고 너무 고생하시면서 우리를 키워 주셨다는 고마움에 그 상처는 별로 남아있지 않으니 신기할 따름이야. 엄마에 대한 강한 애착으로 엄마를 힘들게 하는 아버지를 원망만 하면서 밀어냈던 것 같아. 그러니 엄마는 무슨 일을 하시든지 무조건 이해했고 아버지는 어떤 일을 하셔도 다 싫었던 거지.

—그랬구나. 그런데 아마 너도 이 책에 있는 글을 읽으면 지금까지와는 다르게 아버지를 생각하게 될지도 몰라. 그래서 아버지를 미워하기만 하는 너에게 이 글을 꼭 보여주고 싶더라고.

경희가 가방에서 낡은 작은 책을 꺼내 나한테 내밀었다. 그 책은 오래 전에 돌아가신 미술교사였던 둘째외삼촌의 칠순기념 수필집이었다. 칠순잔치에 참석했던 나도 수필집을 받았을 텐데 그런 책이 있었다는 것조차 기억하지 못하고 있었다. 그런데 경희는 어떻게 이 책을 갖고 있을까 의아했다. 경희 말로는 자신도 우연히 나에게 이끌려 외삼촌 칠순 잔치에 참석해 그 책을 받았다고 했다. 책의 목차를 보니 '큰매부 구출작전'이라는 제목이 눈에 들어왔다, '어, 외삼촌한테 큰 매부면 우리 아버지 아냐? 구출작전이라니 뭘까?' 하며 호기심에 끌려 글을 읽어 갔다.

6·25전쟁 당시 큰 매부는 초등학교 교감 이었는데, 9·28 수복 후 모함을 받아 좌익으로 몰려 체포되어 행방이 묘연해졌다. 나는 공군 문관으로 대구 봉산동에 있는 유치원 자리에 음악대, 무용단, 연극단 등과 함께 기거하고 있었다. 하루는 봉산동 옆에 소재한 대구 교도소 앞을 지나다 우연히 재소자들을

면회하려고 몰려있는 사람들을 보게 되었다. 명단을 보고 소재 확인 후 면회를 신청하면 3~4시간 후에 면회가 가능 한 것이다. 혹시나 해서 나도 명단을 뒤적여 보니 천만 뜻밖에 매부의 이름이 거기 있지 않은가? 급한 대로 면회 신청을 했다. 아마 그때가 오전 10시쯤 되었을 때였고 면회 신청인들이 한 50명쯤 기다리고 있었다.

2시쯤 되어 면회가 이루어졌다. 책상을 가운데 두고 마주보는 형식인 면회실 옆에 교도관이 지키고 있었다. 조금 있으려니 체격이 그렇게 좋던 매부가 그야말로 뼈와 가죽만 앙상한 채 안경은 끈으로 태를 만들어 쓰고 비틀거리며 들어왔다. 매형은 나를 만나자마자 기력이 하나도 남아있지 않은 꺼져가는 목소리로 누님의 안부를 첫마디로 물었다.

누님께 연락을 하고 2·3개월이 지난 후 면회하러 왔던 어느 중년 아저씨(지금 와서 생각하니 일종의 변호사 브로커였다)의 도움을 받아 매부는 병보석으로 석방 되었다. 당시 매부가 교도소 문을 나설 때 몸도 못 가눌 정도로 비틀거려 도저히 혼자서는 걸을 수조차 없었던 것이 눈에 선하다. 그래서 내가 업을 수밖에 없었는데 평소 같으면 업지도 못하는 큰 체격의 매부가 마치 깃털을 업은 것처럼 가벼웠던 기억이 아직도 생생하다.

&lt;후기&gt;

그 후 매부는 자신의 좌익사범으로 인해 친족관계에 있는 자에게 연대책임을 지우는 연좌제로 4남매 앞길에 걸림돌이 되는 것을 가장 두려워하셨다. 당시 매부 친구 부친이 정치계의 영향력 있는 국회의원이었는데 매부는 그 의원 지역구 사무실 사무장을 무보수로 일했다. 돈 한 푼 받지 않고 일한 이유는 그 의원이 좌익사범 연좌제 폐지를 위한 법 제정을 앞장서서 주도했기 때문이라고 말씀하시는 것을 들었다. 매부의 자식에 대한 사랑을 느끼게 했던 대목이었다. 자신의 반대 때문에 막내딸이 원하는 사람과 결혼을 못하게 한 것이 항상 가장 후회가 되었는데, 그나마 위로가 되는 것은 1981년 연좌제가 폐지되어 막내딸이 그토록 원하던 국립대학교 교수가 될 수 있었다는 것이라고도 하셨다. 그러나 당시 너무 고령이었던 매부를 받아주는 직장이 없어 정작 본인은 연좌제 폐지 혜택을 받지 못했다.

'억울하게 옥살이 하시면서 체격 좋은 아버지가 깃털처럼 가볍게 되시도록 고생을 많이 하셨네'라고 생각하며 '후기' 부분을 읽는데 갑자기 무언가로 한 번 세게 맞은 것 같았다. 돈도 못 버는 주제에 고상한 척은 혼자하며 국회의원 사무실에서는 공짜로 일 해주며 엄마 등골만 빼먹고 있는 아버지라고 생각했었다. 그런데 이제 와서 보니 아버지는 자식들을 위해 돈 버는 것 보다 더 의미 있는 일에 몸을 던져 일한 것이었다.

—네 아버지가 모함을 받으신 것도 억울한데 교도소에서 온갖 고초를 다 겪으셨나 봐. 작은외삼촌 아니셨으면 무슨 변을 당하셨을지도 모르겠네. 그런데 생각해 보니 네가 그렇게 싫어했던 아버지

의 경제적 무능력은 아버지 탓이라고만 할 수 없을 것 같아. 네 아버지가 시대를 잘 못 만나 어쩌실 수가 없는 것이었어. 혼란의 세월을 힘겹게 거쳐 오시면서 불가항력적으로 겪을 수밖에 없는 시대가 낳은 불행한 희생자이셨다고 하는 게 맞지 않을까. 그런 고난 속에서도 아버지가 자식들 위해 아낌없이 헌신하신 거잖아. 자식들 장래에 걸림돌이 되는 연좌제 폐지를 위해 무보수로 일하셨다고 하니 내가 다 가슴이 뭉클해졌어.

　—아, 나도 '후기' 부분을 읽으며 충격을 좀 받았어. 네 말대로 아버지를 다시 보게 되네. 내가 국립대학교 교수가 된 것은 연좌제 폐지를 위해 애쓰신 아버지 덕분에 가능했던 일인 것을 이제야 겨우 깨닫게 되네. 그렇지 않았더라면 아버지의 좌익사범 기록 때문에 아무리 연구업적이 좋았다 하더라도 신원조회에서 무조건 탈락되었을 거야. 내가 교수의 꿈을 이루는 길을 아버지가 닦아 주신 것인데 나는 자식으로서 제대로 해드린 것이 아무것도 없으면서 원망만 했으니 회한이 많이 남네.

　그동안 아버지를 이해하려는 시도조차 안 해보고 미워만 해왔던 내 자신에 대한 자책감이 한꺼번에 밀려왔다.

　—그런데 너무 자책하지 마. 자식을 교육자로 키우시려고 했던 아버지 소망을 그나마 네가 이루어 주었으니 그보다도 더한 효도가 어디 있겠니.

　—그렇긴 하네. 교수가 되어 아버지 바람을 이룬 측면도 있지만 그것은 우리 아들한테도 좋은 일이었어. 내가 이혼 했음에도 불구하고 경제적으로 큰 어려움 없이 아들 공부시키고 결혼까지 시킨

것은 모두 매달 꼬박꼬박 받은 교수 월급 덕분이잖니.

—맞아. 아버지가 너를 평생 먹여 살리신 거나 마찬가지야. 덩달아 외손자까지도 그 덕을 본 것이고. 그런데 본인 반대로 막내딸이 원하는 사람과 결혼 못하게 한 것이 항상 후회가 된다고 하시는 것 같은데 그 일로 아버지 아직도 원망하는지 궁금하네.

—아, 그 일? 내 첫사랑 죽은 얘기 너한테 안했었나? 아버지가 돌아가시고 나서 어떤 성형외과 의사가 전신마취를 잘못해 유명 연예인을 사망하게 한 의료사고가 난 후 소송 등으로 병원 재정이 어려워지자 자살했다는 기사를 본 적이 있어. 기사에는 이름이 익명 처리되어 누구인줄 몰랐는데 며칠 후 의사였던 큰 언니가 자살한 의사가 바로 그 사람이라는 거야. 그 소식을 듣고 많이 놀라고 슬프면서 '나는 누구랑 결혼 했어도 혼자가 될 팔자를 피할 수 없었겠구나'라는 자조적인 생각이 들더라. 내 결혼생활 불행이 아버지 탓이 아니라 팔자소관으로 돌리고 있었는데 외삼촌 글을 통해 아버지도 결혼 반대한 일을 평생 가장 후회하셨다는 것까지 알게 되니 더 이상 원망하지 않게 되네.

대답을 마친 내가 여러 가지 복잡한 심경으로 갈피를 못 잡고 있는데 경희가 생뚱맞게 노래를 하나 소개했다.

—갑자기 '불효자는 웁니다'라는 옛날 노래를 너한테 들려주고 싶네. 우리 아버지 돌아가신 후 우연히 이 노래를 들었는데 가사가 너무 마음에 와 닿더라고. 인터넷에서 찾아 몇 번 따라 해보니 배우게 되더라. 아버지가 생각날 때마다 가끔 부르다보니 이제는 애창곡이 되었어.

경희는 유튜브에서 이 노래를 찾아 나에게 들려주었다.

불러 봐도 울어 봐도 못 오실 어머님을/ 원통해 불러보고 땅을 치며 통곡해요./ 다시 못 올 어머니여~/ 불초한 이 자식은 생전에 지은 죄를 엎드려 빕니다.

─원래 가사의 '어머님' 부분을 '아버님'으로 바꾸면 아버지를 향한 지금의 네 심정과 거의 같지 않을까?

이 노래는 경희 말대로 지금의 내 심정을 콕 집어 대변하는 것 같았다. 노래에 치유 효과가 있었는지는 잘 모르겠지만 듣고 나니 이상하게도 죄책감의 무게로 무거웠던 마음이 다소 가벼워졌다. 평생 원망하고 미워하는 마음만 가득해서 아버지 죽음 앞에서 조차도 냉정했던 나였다. 그동안 내 기억에 깊이 각인 된 아버지의 무능력했던 뒷모습에만 집착해 숨어 있는 큰 사랑은 보지 못했는데 이제야 그 사랑을 보게 되니 갑자기 고마운 마음이 한꺼번에 봇물 터지듯이 밀려왔다.

그 후, 나는 미국에 사는 둘째 언니와 통화하면서 순자엄마와 아버지에 대한 오해를 좀 풀 수 있었다. 순자엄마는 아버지가 인정한 것도 정식 결혼식을 올린 것도 아님에도 불구하고 시부모 모시고 고향에서 살았던 것은 갈 곳도 없기도 했고, 할아버지와 할머니 입장에서 일손이 필요해서 끌어안고 있었던 것 같았다. 당시 엄마는 그런 상황을 알고 있었는데도 아버지를 너무 좋아해 헤어지지 못했고 아버지는 결혼 전에 외할아버지에게도 솔직하게 말했다고 했다. 외할아버지는 무안에 있는 여자 문제로 인해 엄마를 평생 힘들게 하지 않겠다고 아버지한테 단단히 약속을 받고 허락했다고 했다. 다시 생각해보니 다른 형제들은 순자엄마 일로 아버지를 미워하지 않았었는데 나만 유독 싫어했던 것 같다. 아마 그 여름방학에 큰엄마로 불렸던 순자엄마와 아버지 사이에 흘렀던 묘한 분위기를 목격했었기 때문이었을 것이다.

아버지가 끝까지 엄마 곁을 지켰고 자식들을 잘 키워 반듯한 사회인으로 살 수 있게 해 주어 그랬던지 엄마는 아버지의 외도에도 불구하고 아버지를 많이 좋아했던 것 같다. 돌이켜 보면 아버지만큼 우리 4남매를 잘 키워 줄 수 있는 사람이 이 세상에는 없다고 믿는 엄마의 본능에 가까운 모성애가 나와 친정 식구들의 끊임없는 이혼 권유를 뿌리치는데 한 몫 했을 것이라는 생각이 들었다.[*]

---

[*] 소재를 주신 교수님께서 얼마 지나지 않아 소천되셨다. 삼가 고인의 명복을 빌며 이 소설을 교수님과 세상의 모든 아버지께 바친다.

며느리의 비밀서랍

# 며느리의 비밀서랍

선영이 시계를 흘끗 보니 11시가 다 되어 간다. 빨리 서둘러 나가야 점심 약속에 늦지 않을 것 같다. 일본여행 갈 때 면세점에서 샀던 프라다 지갑과 폴로 티셔츠와 청바지를 쇼핑백에 챙겨 넣었다. 며느리 현지와 손자 상윤에게 줄 선물이다. 오늘은 한 달에 한 번 만나는 고등학교 친구들과 점심 약속이 있는 날인데 식사 후 상윤을 봐주러 C시에 내려가야 한다. 외아들인 민호가 대학생일 때 남편과 사별 한 후 선영은 홀로 민호 뒷바라지를 했다. 민호가 대학 졸업 후 유학을 떠났는데 아직 공부가 끝나지 않아 미국에 머물고 있다. 민호는 같은 대학교에 다니던 현지와 연애 끝에 결혼했다. 결혼 후 현지도 미국에서 공부를 시작했다. 민호보다 먼저 공부를 마치게 된 현지는 C시에 있는 국책 연구소에 취직이 되어 두 살 된 상윤을 데리고 혼자 귀국했다. 선영은 그동안 모아 놓은 돈을 모두 털어 C시에 아파트를 사 주었다. 전세를 살게 되면 현지가 어린 아들을 데리고 2년 마다 이사를 가게 되어 번거롭고 힘들 것 같아서였다.

현지는 뒤늦게 얻은 아들에 대한 애착이 남달라 아들을 위해서라면 무엇이든지 한다. 유기농 식재료를 사서 손수 음식을 장만해주고 천연섬유로 된 명품 브랜드 옷을 사 입히고 교육에 좋다는 장난감과 책 사는데도 돈을 아끼지 않는다. 상윤이 TV에 일찍 노출

되어 빠지는 것을 염려해서 TV를 구석방에 놓기도 했다. 현지가 무엇보다도 고집하는 것은 기본 성격이 형성되는 만 6세까지 만이라도 아이는 가족이 돌봐야 된다는 것이다. 그래서 하는 수 없이 선영이 강의 요일을 조정해 C시를 오르내리며 상윤을 돌봐주었다. 선영이 3년여 가량 상윤을 돌보다가 갑자기 어깨 수술을 받게 되자 어쩔 수 없이 집안일도 하면서 상윤을 돌 볼 도우미를 구해 몇 개월 동안 선영이 해왔던 일을 맡겼다. 어깨수술 부위가 거의 완치되자 일주일에 절반씩 선영과 도우미가 번갈아가며 상윤을 돌보기로 했다.

친구들이 고속 터미널 근처 식당으로 약속장소를 잡아 놓았다. 점심 식사 후 C시에 내려가야 하는 선영을 생각해서이다. 식당에 들어서니 친구들이 모두 와 있었다.

—선영아, 좀 늦었네. 네가 빨리 먹고 가야 될 것 같아 미리 주문해 놓는데 괜찮지? 근데 그 면세점 쇼핑백에 뭐가 들어 있니? 너 여행 다녀왔다는데 우리 선물 사온 거야?

희숙이 눈을 반짝이며 불룩한 면세점 쇼핑백을 가리켰다.

—어쩌니, 이 백에 들은 건 며느리와 손자한테 줄 선물인데…….며느리가 지난번 여행 가는데 용돈도 많이 주고 같이 갔던 친구들한테까지 홍삼 영양제 챙겨 주었잖아. 동행하는 친구들 모두에게 5일 치 홍삼 영양제를 지퍼 백에 넣고 포스트잇에 "즐거운 여행 되세요!"라는 글까지 적어 넣었더라. 마음 씀이 예쁘지 않니? 그래서 면세점에서 며느리와 손자 선물 산거야. 너희들은 밥 먹고 난 후

이 생 초콜릿이나 나눠 먹자.

─너는 좋겠다. 나도 그런 며느리 있으면 업고 다니겠다. 며칠 전 우리 며느리가 저녁에 들른다고 해서 귀찮은데도 불구하고 부랴 사랴 장 봐 저녁 준비 다해 놓고 기다렸어. 그런데 전화도 없이 8시 넘어 들르더니 저녁 먹고 왔다는 거야. 그러면서 미안하다는 기색도 없더라. 얼마나 김 빠졌는지 알아.

희숙이 불만스럽게 얘기했다.

─속상했겠네. 그래도 넌 며느리 얼굴이라도 보지. 난 생일날에 도 며느리 코빼기도 못 봤어. 음력으로 생일을 지내는데 어제가 내 생일이었어. 아들은 출장 간다고 했으니 못 올 것 같고 며느리하고 손녀는 오겠지 하고 며느리 좋아하는 김을 들기름 발라 구어 밀폐 용기에 담아 놓고 손녀가 잘 먹는 갈비찜도 해놓고 기다렸어. 혹시 전화했을 때 못 받을까봐 종일 몸에 지니고 다니며 기다렸는데 전화 한 통이 없더라. 생일날 미역국 먹으면 욕 안 얻어먹는다고 해서 미역국이라도 끓여 먹을까 했어. 그런데 혼자 먹자고 국 끓이기도 싫고 갈비찜 데워 먹기도 귀찮아 김치 하나 달랑 놓고 저녁 먹는데 눈물 나더라.

라며 투덜대는 미자는 아직도 못내 서운한지 눈가가 붉어지면서 말했다. 미자 얘기를 들으며 선영은 현지가 정성스럽게 준비해 주었던 작년 생일을 생각하며 흐뭇한 마음이 들었다. 선영은 공교롭게도 시어머니와 생일이 같은 날이었다. 시어머니 생일이 되면 전날 일찍 퇴근해 장을 잔뜩 봐 시댁에 가서 생일상을 준비했다. 하늘 같은 시어머니 생일 준비하느라 여념이 없어 자신의 생일은 그

저 곁다리였다. 이 얘기를 우연히 들었던 현지는 선영 생일에 월차를 내 정성스럽게 요리를 해서 생일상을 차려 주었다. 생일케이크 사서 촛불 밝히고 축하 노래도 불러주고 백화점 상품권까지 선물로 주었다. 현지의 좋은 요리 솜씨와 이벤트 덕분에 그야말로 행복한 생일이었다.

계속해서 친구들의 며느리 뒷담화가 봇물 터지듯이 이어졌다. 자기 며느리는 더하면 더했지 마찬가지라고 하며 지수가 끼어들었다.

—요새는 며느리가 상전이야. 우리 며느리는 추석은 친정에서 지내고 설은 우리 집에서 지낸다고 선언하더라. 추석 전날이 친정어머니 생일이라나 뭐라나. 그래서 그러라고 그랬지. 지난 추석 연휴가 길어 친정 갔다가 혹시 올지도 모른다고 은근 기대했는데 그 흔한 카톡도 한번 안하더라. 선물은 안 보내더라도 전화라도 한번 해야 하는 거 아니니? 우리 남편 제사 때도 내가 장봐 다 준비해 상 차려 놓으면 퇴근해서 제사만 지내고 다음 날 출근해야 한다며 아들과 같이 집으로 가버리는 거야. 혼자 제사상 치우면서 얼마나 속상했는지 알아?

희숙이 옆에 앉아 튀김을 젓가락으로 집던 혜원이가 시집간 딸 얘기를 했다.

—우리 딸은 시어머니와 너무 친해질까 무서워 마음 놓고 잘해 줄 수가 없다고 하더라. 그래서 시어머니한테 아이보라는 부탁을 되도록 안하고 나만 호출해 귀찮아 죽겠어. 시어머니가 오면 밥 해 주는 게 부담도 되고 딸려 오는 짐을 여기저기 벌려 놓아 좁은 집이 더 복잡해져 정신없다 하더라. 그러면서 우리 딸은 그래도 자기는

양반이라고 하면서 친구 얘기를 해주는데 무섭더라. 그 얘기 들으니 아들 장가보내기가 겁난다니까.

—무슨 얘기데?

하고 지수가 물었다.

—시어머니가 자기를 괴롭히면 괴롭힘에 대한 복수를 눈에 넣어도 아깝지 않은 아들한테 한다는 거야. 예를 들면, 잠자리 거부한다든가 며칠씩 라면만 끊여 준다든가 바지나 와이셔츠를 제때에 안 다려놓는 다든가 한다는 거야.

—그렇구나. 정말 못됐네. 너희들이 며느리 성토하니 나도 끼고 싶네. 내가 쪽 팔려서 말 안하려고 했는데……. 글쎄 며칠 전 내가 사준 아들 아파트에 밑반찬 좀 갖다 주려고 들어갔었거든. 그런데 며느리란 것이 나한테 직접 말 할 용기가 없었는지 우리 아들 보고 둘이 애정표현하고 있을 때 내가 불쑥 들어와서 싫었다고 말하라고 했나봐. 앞으로는 아무 때나 현관문 비밀번호 띠띠딕~ 누르지 말고 연락하고 오라지 뭐니. 그래서 애정표현하기 한 시간 전후로 나한테 나 어디 있는지 전화하라고 했다니까. 어디 싸가지 없게 시어머니한테 연락을 하라마라 인지 이해가 안 가더라고.

다른 친구들이 며느리 흉보는 것을 듣고만 있던 인희가 미리 연락하고 오란 며느리 말이 고까웠다고 흥분하며 말했다.

—선영아, 그리고 보니 너만 며느리 복이 많은가 보다.

희숙이 부러운 듯 하는 말에 선영과 가장 친해 속사정을 잘 알고 있는 혜원이가 끼어들었다.

—선영이가 며느리 복 많다기 보다는 며느리가 시어머니 복이 많

은 거지. 현지가 선영이 아니면 미국에서 박사 학위 받을 수 있었겠어? 현지가 아무리 장학금을 받았다 하더라도 선영이가 생활비를 보태 주지 않았으면 미국에서 생활하기가 어려웠을 거야. 그리고 미국서 아들 낳았을 때 선영이 연구년 신청해 미국 가서 산후 조리 해주고 출산 비용도 다 대주었잖아. 그리고 지금 사는 아파트도 사 주고 학교 강의 일정 조정해 C시 왔다 갔다 하며 손자 봐 주었잖아. 어깨수술 부위가 아직 완치되지 않았는데도 오늘도 손자 봐주러 간다는 거 아니니! 그런 시어머니라면 나 같아도 머리털 뽑아 짚신이라도 삼아 드릴 지경이겠다.

혜원의 말에 모두 수긍한다는 듯이 고개를 끄덕였다.

─솔직히 말하면 내가 오히려 며느리한테 짚신이 아니라 가죽신이라도 만들어 바쳐야 할 판이야. 며느리가 나한테 얼마나 잘 하는지 너희들은 잘 모를 거야. 내가 호되게 시집살이 하면서 버틴 것은 하나 밖에 없는 민호 때문이라는 것 너희들도 잘 알잖아. 민호가 무뚝뚝하긴 하지만 우리 모자관계가 남달리 끈끈했었잖니. 민호를 결혼 시키면서 내가 가장 걱정스러웠던 것은 마누라에 빠져 나를 못본 체하면 어떻게 하는 가였어. 너희들도 '아들은 며느리의 남편'이라며 미리 마음 단단히 하라고 했었잖아. 그런데 민호가 결혼 후에도 나를 대하는 것이 여전하더라고. 나는 이것이 모두 우리 며느리가 모자관계를 깨지 않게 하려고 신경 쓴 것이라고 생각해. 내가 미처 모르고 저한테 불편하게 행동할지라도 민호에게 이를 표현하지 않고 있다고 생각하니 현지의 속 깊음이 눈물 나게 고맙더라. 현지한테 "내가 교수라서 그런지 민호가 나한테 진로 상의를 많이 하는

데 섭섭하지 않니?" 하고 물었더니 "저는 얘기 들어줄 시간도 없는데 저 대신 그 일 해주셔서 감사하지요."라고 말 할 정도야.

선영의 말을 들은 친구들이 모두 "저 며느리 바보를 누가 말리겠어." 하며 부러움 반 시샘 반으로 선영을 쳐다봤다.

—민호보다 내가 좋아서 결혼 했다고까지 하더라니까. 내가 자신의 롤 모델이라며 나이 들어도 나처럼 자신의 일을 갖고 활기차게 살고 싶다는 거야. 그리고 이건 좀 쑥스러운 얘기이긴 한데 고등학교 시절 엄마를 잃은 탓인지 며느리가 나한테 엄마라 부르고 싶다고 하더라. 엄마라고 부르니 마치 내 속으로 낳은 딸 같은 거야. 내가 딸이 없어서 더 그런가봐.

—어느 책에서 봤는데 며느리를 딸처럼 생각하는 건 '미친년 1호'라고 한대. 좋은 말로 엄마지. 엄마라고 부르면서 널 이용해 먹기 위한 것 아닌지 모르겠네. 너한테 최대한 맞춰주고 잘해주겠다는 것이 아니라 편하게 막 부려 먹겠다는 것을 좋게 포장 한 것 일지도 모르니 그 말 너무 믿지 마라.

선영의 그칠 줄 모르는 며느리 찬양이 듣기 싫었는지 바른말 잘하는 혜원이가 뼈있는 말을 했다.


모임에서 며느리 얘기를 꺼냈던 탓인지 친구들과 헤어져 C시 행 버스를 타고 가는데 현지와의 첫 만남 장면이 떠올랐다. 아들 민호와 현지는 대학시절 동아리에서 만났다. 졸업 후 유학을 생각했던 민호는 군대 다녀와 복학 후 대학연합 영어 동아리에 가입했다. 오랜만에 학교에 복학했던 민호는 동아리 멤버들이 주로 후배들이라

섞이기가 서먹서먹했다. 그런 민호를 동아리 총무였던 현지가 따듯하게 이것저것 챙겨주다가 서로 사귀게 되었다. 어느 날, 선영이 오후 강의를 끝내고 오니 연구실 문 앞에 민호와 현지가 기다리고 있었다. 민호는 선영이 근무하는 학교에서 동아리 모임이 있었는데 내 생각이 나서 들렀다고 하면서 현지를 소개했다. 키는 좀 작았지만 이목구비가 뚜렷하고 당차 보이는 현지는 공손하게 인사를 하더니 내 손에 가득했던 무거운 책과 자료들을 얼른 받아 들었다. 그날따라 강의에서 소개해 줄 책과 자료가 많아 힘겹게 들고 왔던 터라 무심하게 쳐다만 보고 있는 민호와 달리 엽엽한 현지의 세심한 행동이 좋아 보였다.

―반가워요. 민호가 얘기를 많이 해서 한번 만나보고 싶었는데 이런 누추한 내 연구실에서 보게 되네요. 민호야, 너는 귀띔이라도 해 주지 이렇게 예고도 없이 여자 친구까지 대동하고 불쑥 연구실로 오면 어떻게 하니!

선영은 냉장고에서 음료수를 꺼내주며 아들의 무심함에 살짝 투덜거렸더니 현지가 말간 눈에 미소를 담으며 끼어들었다.

―이렇게 불쑥 찾아와 놀라셨지요? 저도 민호씨한테 미리 말씀드리지 않고 찾아뵈면 놀라실 거라고 말했는데 오히려 그러면 부담만 느끼신다는 거예요. 갑자기 오게 되어 죄송해요. 그런데 저는 어머님을 뵙는다고 해서 긴장했었는데 돌아가신 친정어머니와 비슷한 모습이시라 그런지 처음 뵙는 것 같지 않아요.

처음 만남에도 불구하고 현지가 '어머님'이라고 부르는 것이 과하다는 생각을 하면서도 선영은 싫지 않았다. 남편과 사별 후 민호와 단 둘이 살다가 군대 가 있는 동안 혼자 지냈던 탓도 있고 무뚝뚝하고 말이 없는 아들과 비교되었기 때문이다. 사근사근한 현지가 선영의 강의에 대해 "이 학교에 제 친구가 다니고 있는데 어머님 강의가 인기가 많아 조기에 수강 신청이 마감되고 우수 강의상도 매년 받으신다고 하더라고요." 하며 친구한테 들은 얘기까지 꺼내자 서먹한 분위기는 다 사라졌다. 생전에 민호한테 그런 말을 들어 본 적이 없던 선영은 어리둥절했지만 현지의 찬사에 기분이 좋아졌다. 다음 강의가 있어 훗날 다시 만나자며 일어서려는데 현지는 테이블에 흩어져 있는 음료수 병을 치우고 티슈를 뽑아 물기가 남아 있던 테이블을 말끔하게 정리했다. 그러면서 예쁘게 포장된 상자를 내밀었다. 상자를 열어보니 한줌씩 낱개로 포장된 견과와 국화차가 들어 있었다. "카페인 드시면 밤에 못 주무신다고 해서 잠드시는데 좋은 차예요. 여러 가지 견과를 작은 봉지에 담아 한 번에 먹을 만큼씩 포장해 놓았으니 편리하게 꺼내 드세요."라고 했다. 나이 들수록 견과를 꼭 먹어야 좋다며 연구실에 있는 냉장고 냉동실에 넣었다가 강의 사이사이 출출할 때 먹으라는 말도 덧붙였다. 현지가 여러 종류 견과를 사서 일일이 담아 포장한 것 같았다. 카페인 못 먹는 것을 생각해 준비한 국화차와 여러 가지 견과를 섞어 먹기 좋게 포장해온 현지의 세심함이 잔잔하게 전해왔다. '아~ 이런, 딸들은 이렇게 다른가?'라고 생각했다. 선영은 현지에게서 민호를 키우면서 전혀 경험해 보지 못했던 다정다감함을 느꼈다. 그러면서 싹싹하고 사려 깊은 현지를 며느리로 맞이하여 딸처럼 지내고 싶다는 마음까지 들었다.

현지와의 첫 만남을 생각하는데 한동안 잊고 지냈던 시어머니 명자와의 일이 대비되어 떠올랐다. 선영은 자라면서 자신이 마치 '가난'이라는 간판을 가슴에 달고 서 있는 것 같다고 생각했다. 지방 소도시에서 작은 사업을 했던 아버지가 젊은 여비서와 살림을 차리면서 어머니는 어렵게 선영과 동생들을 키웠다. 영재는 선영과 같은 대학교에 다녔는데 수업을 함께 듣게 되어 알게 되었다. 영재는 사람들이 말하는 소위 빛나는 금수저를 입에 물고 태어난 사람이었다. D시에서 제일 큰 섬유업을 한다는 부잣집 아들이고 외모가 출중해 그 당시 여학생들의 선망의 대상이었다. 수업에서 그룹과제가 있었는데 선영이 영재와 같은 그룹의 멤버가 되자 직감적으로 이 남자를 놓치지 말아야겠다고 다짐했다. 이 남자와 맺어지면 가난과의 인연을 끊고 꿈꿔왔던 새로운 생활이 광채를 발하면서 다가올 것 같았기 때문이다. 태어나면서부터 자신에게는 닫혀있었던 세계, 자신이 거기에 속하거나 그곳이 자신에게 속하는 일도 영원히 없을 것 같았던 세계가 펼쳐질 것 같은 예감으로 가슴이 설레었다. 그래서 선영은 영재에게 집중했고 그의 마음을 잡으려고 온갖 노력을 다했다. 그러는 와중에 선영은 임신을 하게 되었다. 지금 생각하면 임신까지 하면서 영재를 위해 집요하게 몸과 마음을 다 바쳤던 것은 멋모르고 인생의 급커브를 꺾었던 것이라고 할 수 있다.

　　선영의 장밋빛 환상은 영재 어머니 명자를 처음 만난 순간부터 깨지는 소리가 들려왔다. 남편이 암으로 죽은 후 하나밖에 없는 아들을 위해 큰 희생을 한 어머니, 그 어머니가 임신한 선영을 한번 보자고 한 것이었다. 명자는 영재 아버지가 세상을 뜬 후 그 사업체를 물려받아 섬유산업으로 유명한 D시에서 최고매출을 올리는 사업체의 하나로 키워 놓은 대단한 여장부였다. 만나기로 한 D시의 최고급 호텔 커피숍에 도착해 사방을 둘러보니 나이 지긋한 여인은 어디에도 보이지 않았다. 그 순간 영재가 들어오더니 창가에 앉은 가장 화려한 여인에게 반갑게 소리 지르는 것을 보았다.

—엄마, 여기 있었네. 벌써 왔어? 역시나 우리 엄마는 달라!

선영은 믿기지 않는 눈으로 그녀를 쳐다보았다. 나이는 오십대 초반으로 화려하게 치장하고 화장도 곱게 하고 옷도 끝내주게 입었다. 검은색 실크 원피스에 금색 단추가 있는 빨간색 재킷 차림으로 방금 미용실에 다녀왔는지 머리도 흐트러짐이 없었다. 핸드백과 구두는 명품인 구찌로고가 선명했고 브로치 귀걸이 반지도 모두 반짝이는 다이아몬드로 세팅한 것이었다. 명자는 선영의 초라한 모습에 많이 놀란 것 같았다.

—선영씨, 만나게 되어 반갑네요! 영재에게 얘기 많이 들었어요.

명자는 선영을 머리에서 발끝까지 훑어보았다. 선영은 자신의 큼직하고 굽이 낮은 편안 신발과 불러오는 배를 가리기 위해 입은 펑퍼짐한 감청색 원피스가 무척 신경 쓰였다. 왜 이렇게 멋없고 칙칙한 색 옷을 입고 왔을까? 선영은 마치 호텔에서 허드렛일을 하는 사람처럼 보였다. 선영은 주눅이 들어 평소보다 더 서툴고 어색하게 행동했다. 명자가 식사시간 내내 선영을 깔보고 무시하고 거의 대놓고 비웃는 것이 느껴졌다.

—영재가 후배와 데이트한다는 소리는 들었지만 아이까지 가졌

다고 해서 많이 놀랐어요. 그래서 철없고 개념 없는 여자일 줄 알았는데 성숙하고 무게 있는 여성 같이 보이네요.

명자가 품위를 애써 지키면서 하는 말이었지만 무슨 뜻으로 그런 말을 했는지 알 것 같았다. 성숙하고 무게 있다는 말은 나이 들어 보이고 따분하고 평범하다는 뜻이었다. 선영은 명자가 새빨갛게 칠한 입술로 조그맣게 안도의 숨을 내쉬는 것을 보았다. 눈이 높은 아들 영재가 이렇게 매력 없는 여자에게 절대로 빠질 일이 없을 것이라는 안도의 숨인 것 같았다. 테스토스테론 덩어리인 젊은 혈기에 어쩌다 임신은 시키긴 했지만 이런 여자는 영재에게서 쉽게 떼어놓을 수 있을 것이라고 확신하는 모습이었다. 명자는 커피숍에 있는 여러 사람들과 안면이 있었는지 그들에게 고개를 까딱하거나 손을 흔들어주었다. 명자를 배웅하려고 호텔 문까지 따라 나오니 그 당시만 해도 드물었던 고급 외제 승용차 문을 열고 운전기사가 기다리고 있었다.

명자는 선영과 첫 대면 후 결혼은 절대 허락할 수 없다며 아이를 지우라고 강요했다. "내 첫 번째 핏줄한테 어떻게 그런 끔찍한 짓을 해. 아무리 태어나기 전이라도 그건 살인과 같은 거야. 계속 아이 떼라고 하면 엄마 다시 안 볼 거야. 집 나가서 그냥 선영이와 살림 차리고 살 거야!"라고 하며 완강하게 고집하는 영재를 명자는 이길 수가 없었다. 그래서 명자는 어쩔 수 없이 내키지 않는 결혼을 시켰다. 결혼 후 영재가 완전 마마보이 인 것을 알았을 때 그런 영재가 어떻게 선영과 결혼하기 위해 명자한테 대들었는가가 참으로 불가사의 했다.

선영이 결혼 할 때 "잘 사는 집으로 시집가 팔자 제대로 폈다며 콩고물 꽤나 생기겠네."라고 하며 주위에서 심하게 시기를 받을 정도였다. 돈 많았던 명자는 결혼 예물부터 예사롭지 않았다. 하지만 정작 선영이나 친정어머니 입장에서는 부담이 될 뿐이었다. 빚을 내어 장만 했음에도 불구하고 명자의 예물 수준을 맞출 수가 없었다. 집안 사정 빤히 알면서도 굳이 사치스러운 결혼 예물을 주면서 그에 상응하는 예단을 요구하는 명자가 야속했다.

이런 기억 때문에 선영은 민호 결혼시킬 때 예물과 예단 주고받는 것을 간소하게 하자고 했다. 부모가 모두 돌아가시어 오빠 집에서 얹혀 지내는 현지 처지를 생각해 반지와 시계만 서로 교환하자고 한 것이다. 현지에게 예물을 주는 대신 선영은 집을 사주었다. 집 사는데 현지가 보탠 것은 하나도 없었지만 선영이 그런 티를 낸 적은 없었다. 돈 가지고 유세를 부리는 것이 사람을 얼마나 초라하게 만드는지 명자를 통해서 너무나 뼈저리게 겪었기 때문이다.

실제로 결혼 후 명자는 가난하게 자란 선영을 깔보면서 깎아 내렸다. 내가 가지고 있는 얼마짜리 빌딩이 어떻고 지금 살고 있는 집이 얼마고 네가 평생 벌어도 지금 우리 집 화장실이나 살 수 있을 것 같으냐고 거침없이 말했다. 그러면서 네 엄마가 평생 너한테 못해준 거 내가 전부 대신 해주고 있다느니 예전에 돈 몇 푼 쓰는 것도 벌벌 떨면서 살던 시절을 벌써 잊었냐면서 가느스름해진 눈으로 선영을 꿰뚫어 보며 몰아붙였다. 그 눈빛에는 항상 무시와 경멸이 강렬하게 서려있었다.

며느리와 손자에게 주려고 면세점에서 산 선물을 담은 쇼핑백을 바라보니 선영은 명자한테 선물하면서 겪었던 일도 생각났다. 명절이나 명자 생일이 다가오면 선영은 머리가 지끈 지끈해지고 가슴이 답답해지고 잠도 설치는 적이 많았다. 한 달 전부터 고민 고민 끝에 준비한 선물 앞에서 "넌 이런 걸 선물이라고 가져왔니? 선물 고르는 안목하고는! 없는 집에서 자라서 보고 배운 게 없으니 오죽 하겠어. 이거 어디서 샀니? 바꿀 수는 있지?"라는 명자의 말에 선영은 언제나 모멸감으로 자존심이 상해 버렸다. 그래서 선영은 명자의 선물을 살 때면 점원에게 꼭 나중에 다른 것으로 교환할 수 있는지를 물어보는 습관이 생겼다. 명자가 가끔 챙겨 주는 것들 역시 선영에게는 부담스러울 뿐이었다. 영재는 "남들은 이런 거 받으면 얼씨구나 하고 좋아할 텐데, 당신은 왜 그렇게 부담스러워 하니. 엄마가 쓰라고 준 것이니 부담 갖지 말고 편하게 써."라고 했다. 솔직히 선영도 처음에는 자신의 처지로는 감히 쳐다 도 볼 수 없는 명품 선물을 받고는 무척 감격했다. 그런데 "이런 것을 써야 빈티가 안 나고 촌스럽지 않단다."라고 하면서 줄 때마다 던지는 명자의 비하하는 한마디에 속이 뒤집혀 졌고 이런 일이 자꾸 반복되다 보니 마음의 부담만 점점 쌓여갔다. "고부 사이에 선물 주고받는 것은 누가 만들어 놓은 거야! 이런 것 지구상에서 몽땅 사라지면 안 되나!"라고 큰 소리로 외치고 싶어질 지경이었다.

선영은 태생적으로 타고난 무한한 인내심과 아들 민호가 버팀목이 되어 겨우 겨우 견디어 냈다. 간절히 원하지만 그럴 수 없는 불가능성 앞에서 인간은 신탁이건 샤머니즘이건 어떤 초인간적 힘을 빌려서라도 비법을 알고자 해왔다. 이러한 행동은 선영에게도 예외가 아니었다. 선영은 불교에 심취하여 설법을 들으러 여러 사찰을 찾아다니기도 하고 여기 저기 점집을 기웃 기웃하기도 했다. 그러다가 그칠 줄 모르는 고통의 탈출구로 대학원 진학을 선택했다. 어려움 속에서 박사학위까지 마친 후 대학 교수가 되었다. 대학원 공부를 시작하기로 한 선택이야 말로 선영이 일생 중에 했던 가장 탁월한 선택 중의 하나였다.

선영은 힘들었던 시집살이를 생각하니 그 고통스러운 터널을 지나온 자신이 새삼 대견스럽게 생각되었다. 그러면서 이런 고통을 며느리 현지에게 대물림 하지 않아야 된다고 생각했다. 아들 가족이 행복하고 화목하게 사는 모습을 보면 선영도 같이 행복해 질 수 있을 것이라고 믿었다. 그래서 현지에게 최선을 다했다. 현지가 귀국해 C시에서 생활을 시작했을 때도 화장품, 각종 양념, 생활용품 등 온갖 살림살이를 장만해 차 뒤 트렁크 문이 제대로 닫히지 않을 정도로 바라바리 싣고 갔다. 남편을 미국에 남겨둔 채 새살림을 시작하는 현지와 상윤이 부족함이 없도록 해주기 위해서였다. 무엇이든지 현지 의견을 먼저 물어 보고 이를 최대한 존중하려고 애썼다. 심지어 현지 방에 들어갈 때조차도 불쑥 들어가지 않고 꼭 노크했다. C시에 내려가서도 상윤을 봐주는 것은 물론 틈틈이 청소 빨래 등 집안일을 도와주었다. 현지가 출장을 다녀올 때면 지쳐있을 것 같아 곰국도 끓여 놓고 불고기도 재워 놓았다. 누가 보아도 그야말로 딸을 아끼는 친정어머니 모습이었다. 이러한 일들이 환갑을 넘은 선영에게 몸에 부치기는 했지만 현지가 안심하면서 편안 마음으로 직장생활을 하는 것을 보는 즐거움이 이를 상쇄하고도 남았다. 그러면서 선영은 잔소리와 간섭도 안하고 야단도 안치면서 도움만 주고 있는 완벽하고 좋은 시어머니라고 자부했다. 현지도 선영을 시어머니가 아닌 친정어머니같이 생각하고 있는 것 같아 "하늘에서 뒤 늦게 현지 같은 며느리를 보게 해 딸이 없어 외로운 나에게 선물을 주셨구나."라고 생각하면서 세상에서 말하는 고부 사이 갈등이 이해되지 않았다.

고속버스에서 내려 시내버스를 타고 현지가 사는 아파트에 도착했다. 집안으로 들어서니 책을 좋아하는 상윤이 책꽂이에서 뽑아 놓은 동화책들과 블록놀이를 하다가 어질러 놓은 레고들이 어지럽게 거실 바닥에 흩어져 있다. 상윤이 방에는 어린이집 가느라고 갈아입고 남은 옷들이 침대 위에 널 부러져 있다. 부엌에는 아침 먹고 난 그릇이 싱크대에 뒤죽박죽 쑤셔져 있고 식탁위에는 갈색으로 변해서 말라비틀어진 사과 조각이 접시에 담겨 있다. 선영은 어질러진 책을 책꽂이에 꽂고 로버트 청소기를 돌리면서 설거지를 했다. 상윤이 김밥을 좋아해 저녁 식사로 김밥을 준비 하려고 냉장고를 열어 보았더니 김과 달걀이 안보이고 오이와 당근도 시들어 있었다. 그래서 선영은 아파트 건너편에 있는 유기농 마트에서 가서 김밥 재료와 며칠 동안 손자가 먹을 것을 사왔다. 김밥을 부지런히 싸 놓고 시계를 보니 상윤을 어린이집에서 데려와야 할 시간이었다. 현지가 일하고 있는 연구소 부설 어린이 집에 가서 상윤을 픽업했다. 안보는 사이 훌쩍 커버린 상윤이 "할머니!" 하면서 품에 안기니 내려오느라고 느꼈던 피로가 다 달아나는 것 같았다. 집에 돌아온 상윤이 허둥대며 제 방 문을 열어젖혔다. 깔끔하게 정리된 것을 보고 얼굴이 환하게 펴지면서 물었다.

　—할머니! 내방에 있는 물건 하나라도 버린 것 없죠? 어제 만든 레고 망가뜨리지는 않았지요?

　전혀 필요 없을 것 같은 부서진 장난감과 문방구를 몇 개 추려냈지만 선영은 시침을 뚝 뗐다.

　—할머니가 왜 상윤이 장난감을 버리겠니. 레고로 만든 성이 너무 멋져서 그대로 잘 모셔놓았어. 근데 배 많이 고프지? 좋아하는 김밥 만들어 놓았으니 어서 먹자.

　김밥을 맛있게 먹고 나서 설거지하고 돌아서자마자 상윤은 숨바꼭질 놀이를 하자고 졸랐다. 집안 정리하고 저녁식사 챙겨 주느라고 피곤했지만 상윤과 서로 번갈아 가며 술래가 되어 집안 후미진 곳에 숨고 찾으며 한바탕 놀았다. 더 놀자는 상윤을 달래서 씻기고 잠옷을 갈아입히니 책 읽어 달라며 두툼한 동화책을 두 권씩이나 가져왔다. 책을 읽어 주다보니 상윤이 피곤했는지 새근새근 잠이 들었다.

　잠자리가 바뀐 탓인지 피곤함에도 불구하고 잠이 잘 오지 않았다. 엎치락뒤치락 하던 선영은 복식 호흡을 하며 잠을 청해 봤지만 정신이 오히려 말짱해지는 것 같았다. 잠이 오지 않는 것을 억지로 들게 하려고 버둥거릴 게 아니라 이 시간을 생산적으로 쓰는 게 낫겠다고 생각하며 자리에서 일어났다. 선영은 방에 있는 TV의 채널을 이리 저리 돌려봐도 흥미 있는 것을 찾지 못해 거실로 나왔다. 현지는 거실 한 쪽 벽 전체를 책장으로 만들어 놓았는데 책장의 대부분이 상윤이 보는 동화책, 과학책, 위인전 등으로 꽉 차있다. 상윤이 책을 좋아해 책은 거실 뿐만 아니라 상윤의 방과 안방의 책장에도 빼곡했다. 교육적으로 좋다는 각종 장난감들과 인디언놀이를 할 수 있는 삼각모양 미니 텐트 등 집안 어디를 가도 상윤의 짐이 넘쳐났다. 상윤의 옷만 넣어두는 옷장이 별도로 있는데 거의 대부분 명품 브랜드의 옷들이다. 금방 금방 크고 활동이 많아 험하게 옷을 입는 남자 아이에게 이런 비싼 옷을 꼭 입혀야 할 까라고 선영은 생각하지만 현지는 아들을 위해서라면 아끼는 것이 없는 것 같았다.

거실 책장 한 귀퉁이에 최근에 나온 소설책들이 눈에 띄었다. 선영은 소설을 읽다 보면 잠이 올 것 같아 최근 베스트셀러가 되었던 소설을 꺼냈다가 목차를 훑어보고 다시 꽂아 두었다. 끌리는 책이 딱 없어 이 책 저 책 뽑았다가 꽂다 하는데 종이 한 장이 바닥에 뚝 떨어졌다. 현지가 도우미한테 집안일 처리와 상윤을 돌보는 것에 대한 지시 사항을 적어 놓은 메모지였다. 현지의 꼼꼼한 성격대로 상윤이 하원했을 때 해야 할 일들과, 집안일 처리하는 방법 및 로봇청소기, 세탁기, 오븐 등 사용법이 상세하게 적혀 있었다. 메모지에 적혀있는 것을 보면서 "꼭 제 성격같이 철저하게 적어 놓았네." 하며 미소를 띠며 읽어가던 선영은 마지막에 밑줄이 쳐 있는 문구를 읽으며 의아스러운 생각이 들었다. 그 문구는 "내 팬티와 상윤할머니 팬티를 절대 같이 삶지 말아 주세요."라는 것이었다. 같이 삶으면 될 텐데 도우미가 번거롭게 왜 그랬을까 하며 메모지를 집어 다시 책꽂이 놓다가 우연히 현지의 작년도 업무 수첩이 보였다.

해마다 연말에 교직원들에게 나누어 주었던 수첩 생각이 나서 현지가 다니는 연구소 업무수첩은 어떤 모양일까 궁금해 열어보았다. 그런데 거기에는 업무 내용은 없고 상윤이 커가는 모습들이 적혀있었다. 일종의 육아 일기였다. 상윤의 재롱을 눈에 보듯이 써 내려간 글이 재미가 있어 선영은 미소를 띠며 읽어갔다. 그러다가 현지가 친엄마를 그리워하며 쓴 글을 보았다.

　오늘은 돌아가신 친엄마의 기일이다. 난 왜 친엄마를 엄마라고 한 번도 따뜻하게 부르지도 못하고 보내드렸을까? 하는 후회로 기일인 오늘은 특히 가슴 시리게 아프다. 어릴 적 우리 집 대문 앞에서 곱게 차려입고 아버지를 기다리는 젊은 여자를 나는 미워했다. 집에 있는 엄마가 그 여자 때문에 아버지와 다투곤 하는 것을 자주 보아왔던 나는 그 여자에 대한 미움을 가슴 속에 키워왔기 때문이다. 대문 앞에서 우연히 나를 보면 그 여자는 나에게 미제 초콜릿이나 달콤한 과자, 껌 같은 것을 손에 쥐어주곤 했다.
　어느 날, 학교에서 돌아오는 길에 그 여자를 만났는데 종종걸음으로 달려와선 꼬깃꼬깃한 지폐를 주머니에 넣어 주며 내 손을 잡으려 했다. 나는 그 여자의 이런 행동에 적개심을 품으며 있는 힘을 다해 손을 빼려고 실랑이를 버렸다. 그런데 마침 지나가던 엄마의 친한 친구가 쳐다보며 혼자 말처럼 "쯧쯧~ 제 친엄마인줄도 모르고 불쌍한 것. 커 갈수록 제 엄마를 꼭 닮아가네." 하는 소리가 귀에 들어왔다. 아주 작은 소리였지만 나는 분명하게 그 말을 들었고 어린 내 가슴에 비수같이 꽂혔다. 그 토록 미워하기만 했던 그 여자가 아버지와 눈이 맞아 낳은 딸이 바로 나였다. 태어나자마자 아버지가 나를 데리고 와 호적에 올리고 집에 있는 엄마가 기르게 되어 이를 꿈에도 몰랐던 것이다.

이 엄연한 사실 앞에서 나는 갑자기 세상에 팽개쳐 진 것 같은 기분이 들었고 가늠할 수도 없는 깊은 상처를 받았다. 그러나 나는 용의주도하게도 이 사실을 아무한테 얘기하지 않고 혼자 가슴 속에 묻어 두었다. 그 후 그 여자가 내 주변을 서성거리는 것을 더욱 더 완강하게 거부했고 친구들이 그 여자가 내 친엄마라는 것을 알까봐 전전긍긍했다. 결코 그 여자를 엄마라는 부르는 어리석은 일은 절대 하지 않으리라고 다짐했다. 집에 있는 엄마가 나를 낳아준 엄마가 아닌 것을 전혀 모르고 있다는 듯이 행동했다. 혹시 내가 자신의 친딸이 아닌 것을 안다는 것을 들키면 이제까지 막내딸이라고 귀여워 해주던 애정이 사라지면서 버림받을 것 같았기 때문이다. 그래서 나는 키워준 엄마에게 더 잘 보이려고 노력하면서 집착했다. 길러준 엄마의 마음에 들기 위해 어떻게 해야 하나를 골몰하느라고 머리가 터질 지경이었다. 다행이도 이러한 나의 눈물겨운 노력은 통했다. 그래서 겉으로는 나와 엄마와의 평화는 항상 유지되었다. 내가 중학교 1학년 무렵 그 여자가 죽었다는 소식을 들었지만 모른 척하면서 장례 식장에도 가지 않고 울지도 않았다. 내가 그 여자의 죽음을 슬퍼하면 눈에 가시 같은 아버지의 혼외자식을 품어준 엄마에게

배은망덕한 일을 하는 것 같았기 때문이다.

　내가 아들을 뱃속에 열 달 품어 낳아 길러 보니 이제야 친엄마의 마음이 이해되었다. 얼마나 보고 싶었고 안아보고 싶었을까? 나는 매일 상윤을 만지고 먹이고 입히고 해도 연구소에 가 있으면 눈에 밟히는데 가까이 있어도 마음대로 볼 수도 없고 손이라도 잡으려면 뿌리치며 달아나는 내가 얼마나 야속했을까? 한 번도 엄마라는 소리도 못 들어보면서 얼마나 안타깝고 가슴을 태웠을까? 이러한 회한과 죄책감으로 나는 좋은 딸인 척은 할 수 있어도 진심을 다한 딸 노릇은 결코 하지 못했다.

　길러준 엄마한테는 물론이었고 나를 딸처럼 생각하는 시어머니한테도 말이다. 나는 친엄마가 아니란 것을 알았어도 조금도 내색을 하지 않고 좋은 딸 노릇을 천연덕스럽게 해냈다. 덕분에 길러준 엄마의 신뢰를 받아 나이 차이 많았던 오빠와 크게 차별받지 않고 자란 것 같다. 적어도 내가 느끼기에는 그렇다. 결혼하면 이 족쇄에서 벗어나 자유로울 줄 알았다. 그런데 잘 보여야 할 또 하나의 엄마가 기다리고 있다는 것을 알았다. 시어머니 말이다. 나는 이제까지 갈고 닦아온 잘 보이기 위한 각종 전략으로 또다시 시어머니를 기분 좋게 해야 했다. 물론 어릴 적부터 그래왔듯이 나는 내가 어떻게 해야 시어머니가 좋아할지를 알고 있다. 그것은 자라오면서 습득한 나의 생존 전략이기 때문이다. 시어머니한테도 당연히 이런 전략이 잘 먹혀들어가 성공하고 있는 것 같다.

　그런데 나도 잘 보이려고 뼈 빠지게 노력이라는 것을 하지 않고 보통의 아이 같이 있는 그대로 어리광도 부리면서 행동하고 싶을 때도 많았다. 설사 그 행동 때문에 야단을 맞고 벌을 받아도 말이다. 다행이도 시어머니는 좋은 분이지만 친엄마에게나 할 수 있는 응석을 마음껏 부릴 수는 없다. 그러나 때로는 일탈을 하고 싶다. 그냥 떼쓰면서 본성대로 편하게 싫어하고 미워하는 것조차도 들어 내놓고 싶어진다. 마음 따로 행동 따로 하는 나한테 지치려고 한다. 시어머니를 친엄마처럼 생각하지도 않으면서 엄마로 부르는 나의 모든 모순적 행동에서 벗어나고 싶다. 그래서 도우미는 번거롭겠지만 내 속옷과 시어머니 속옷을 따로 삶으라는 메모를 오늘 남기기도 했다. 아주 작은 시도였지만 무의식 속에 깊이 묻어두었던 '실제의 나'를 드러낸 행동이었다. 시어머니에게 '잘 보여 지기 위한 나'를 거부한 객기였다. 그러나 아마 이런 객기는 자주 부릴 수 없을 것 같다. 낳아준 엄마의 진정한 모성이 무엇인지를 알게 해준 목숨보다 더 사랑하는 금쪽 같은 내 아들을 잘 키우기 위해 꼭 있어야 할 시어머니이기 때문이다.

이 글을 읽자 선영은 현지를 낳아준 친엄마의 존재를 알게 되었다. 이제까지 선영은 고등학교 때 돌아가셨다는 분이 현지의 친엄마인 줄 알았다. 민호조차도 현지의 생모 얘기는 모르는 것 같았다. 그러면서 최근 현지의 다소 달랐던 행동들이 새삼 머리를 비집고 들어왔다. 오른쪽 어깨 수술로 식사하기가 어려웠던 선영을 현지가 밥을 떠 먹여 주었을 때가 생각났다. 그때 현지가 끼고 있는 다이아몬드 반지를 우연히 보게 되었는데 결혼 때 선영이 예물로 해주었던 반지와는 다른 모습이었다. 다이아몬드 크기는 동일하지만 세팅이 달라져있었다. 선영이 친구한테 소개받은 보석상에 가서 큰 맘 먹고 맞추어 준 것이었다. 그런데 현지는 그동안 별로 마음에 들지 않는 반지를 억지로 끼고 다녔다는 것을 항변이라도 하듯 선영과 상의하지도 않고 세팅을 새로 해 보란 듯이 끼고 온 것이다. 그리고 선영은 현지한테 새 차를 사 주려고 했을 때가 떠올랐다. 현지는 선영이 차사라고 주는 돈을 받지 않는다며 선영이 타던 헌 차를 주고 대신 그 돈으로 선영의 새 차를 사라고 했다. 선영은 현지의 이런 행동을 배려심이라고 착각했다. 그런데 지금 곰곰이 생각해 보니 현지의 관점은 다른 것 일 수도 있었다. 선영은 현지한테 사주는 것이 즐겁겠지만 현지 입장에서 보면 아무것도 해주지 않는 친정과 비교되기도 하고 자신의 취향과 거리가 먼 선영이 사주는 물건들이 마냥 좋지만은 않았을 것 같다. 자동차를 포함해 각종 물건들을 받는 게 부담된다는 것을 민호를 통해 간접적으로 완곡하게 전했던 기억도 어렴풋이 났다.

그동안 선영이 친딸처럼 생각해 왔던 현지의 가슴 밑바닥에는 다른 마음이 숨겨져 있던 것이다. 출생의 비밀과 지금까지 버텨온 치열한 생존전략을 깊게 감추어 놓은 서랍이 현지 마음속에 있을 것이라고 짐작조차도 못했다. 어쩌다가 우연히 현지의 비밀서랍을 훔쳐본 선영은 무척 혼란스러워졌다. 진심은 비밀서랍에 넣어두고 오직 잘 보이기 위한 모순적 행동이 몸에 밴 현지를 생각하니 안쓰럽기도 했다. 그러나 선영 가슴 속에서 차가운 바람이 이는 것은 어쩔 수 없는 일이었다. 선영은 여러 가지 상념이 꼬리를 물고 일어났다. 나만 일방적으로 현지를 딸로 여기면서 짝사랑 했던 것일까? 내 입장에서 내가 좋아하는 일을 해 놓고 현지도 좋아했다고 착각했던 것일까? 처음 만날 때부터 지금까지 현지가 나한테 보여줘 왔던 것은 진심이 아니고 위선이었나? 길러준 어머니 밑에서 눈치 보며 사랑에 허기지게 자랐던 어린 시절을 보상 받는 심정으로 오로지 아들만 애지중지 하는 것인가? 아들을 위해 무엇이든지 하는 집착에 가까운 애착 때문에 아들을 돌봐주는 내 비위를 맞추려고 하는 것인가? 그러나 내면은 나와 친해지는 것이 두려웠던 것일까? 홀시어머니인 내가 함께 살자고 할까봐 걱정하고 있는 것은 아닐까? 진실을 꽁꽁 숨겨놓은 현지 마음속 깊은 비밀서랍에는 또 어떤 것이 있을까? 아마 나는 그 손잡이조차도 감히 건드릴 수 없겠지. 여기까지 생각에 이르자 혜원이 모임에서 "며느리를 딸처럼 생각하는 것은 '미친년 1호'."라고 했던 말이 귀에 쟁쟁하게 들려오는 것 같았다. '내가 드디어 '미친년 1호'가 되었구나'라고 생각하니 선영은 무력감으로 맥이 탁 풀리며 자조적인 쓴 웃음이 흘러나왔다.

# 토탈커플
## The Total Couple

# 토탈커플 The Total Couple

—경란아, 우짜노. 우리남편이…….

명희는 울면서 거의 말을 잇지 못하고 있다.

—무슨 일인데? 왜 그래?

—우리남편이 죽었대이.

대학 시절 만나 지금까지 친구로 지냈던 명희 전화를 받은 경란은 너무 놀라 주저앉았다. 손이 떨려 전화기를 제대로 잡고 있을 수가 없었다. 부리나케 옷을 갈아입고 택시를 타고 명희가 얘기한 병원 장례식장으로 달려갔다. 명희는 남편 영정 앞에 넋을 놓고 앉아 있었다. 연유를 묻는 경란을 붙잡고 명희는 눈물범벅이 되어 경황없이 얘기했다. 고등학교 친구들과 여행사의 1일 관광을 다녀와 늦게 집에 돌아와 보니 설거지 그릇은 쌓여있고 집안 곳곳이 많이 어질어져 있었다. 다녀 온 날은 너무 피곤해 손도 못 대고 있다가 아침에 일어나자마자 식사 준비하고 어질어진 방 정리하면서 청소하느라고 여념이 없었다. 청소기 돌리는 소리가 시끄러울 것 같아 안방 문을 닫고 청소하느라 남편이 안방 욕실로 들어가는 것을 알지 못했다. 그런데 관리실에서 사람이 와서 아랫집 안방 욕실 천장에서 물이 샌다는 신고가 들어와 보러왔다고 했다. 관리실 사람들과 같이 안방 욕실에 가 보니 남편이 뜨거운 물을 틀어 놓은 채 숨겨있었다. 남편이 돌연사하면서 뜨거운 물을 계속 틀어놓아 실리콘

이 녹아 아래층 화장실 천장으로 물이 샌 것이었다. 시신을 부검하는데 시간이 걸려 이제야 장례를 치르게 되었다. 부검 결과 남편의 사인은 심장마비로 밝혀졌다.

─명희야, 세상에 어떻게 이런 일이 다 있니. 얼마나 놀라고 힘들었겠어. 네가 너무 충격 받았겠네.

경란은 명희의 어깨를 감싸며 이렇게 말하는 것밖에 할 수 없었다.

─그렇게 갑자기 갈 줄도 모르고 그 인간 그 인간 하면서 미워만 한 것 같아 후회스럽대이. 잠자리만 밝히고 돈에 인색하게 굴며 마치 아랫사람 부리듯이 나를 대하는 것이 너무 싫었대이. 그런데 죽고 나서 이것저것 정리하다 보니 내 앞으로 거액의 연금보험 들어 놓은 게 있더라. 죽고 나서 내가 경제적으로 어려워져 자식들한테 얹혀 지내며 서럽게 살까 봐 들어 놓은 것 같았대이. 더욱 더 가슴 아픈 것은 빼다지에 있던 약병을 자세히 보니 심장병약인 기라. 내가 걱정할까봐 심장병에 대하여 한마디도 안 하고 그냥 건강을 위해 먹는 약이라고만 했나봐. 그것도 모르고 나는 지 몸만 아낀다고 약 많이 먹는 것도 미워했대이.

이 얘기를 들으니 그동안 만나기만 하면 끊임없이 이어지던 명희의 남편 험담에 익숙했던 경란은 다소 혼란스러웠다.

명희는 대학교 4학년 때 친구 소개로 지금의 남편을 알게 되었는데 서너 번 만나다 너무 깐깐하고 돈에 인색한 것에 질려 더 이상 만나지 않았다. 대학 졸업 후 취업을 하지 못 한 채 백수로 지내던 어느 날 명희가 경란이 근무하고 있는 회사로 찾아 왔다.

—경란아, 우짜노? 참말로 창피해 아무한테도 얘기 몬하겠는데 그래도 니한테는 말해야 될 것 같아 고민 끝에 찾아 왔대이.

회사 앞에 있는 다방의 구석자리에 앉아 기다리고 있던 명희가 경란을 만나자 마자 심각한 얼굴로 말했다. 졸업 후 명희는 그 남자와 다시 교제가 시작 되었는데 성관계를 가진 후 아랫도리가 이상하다는 것이었다. 그 증상을 들어보니 아무래도 성병 같았다.

—그동안 말도 못하고 힘들었겠네. 나하고 같이 산부인과 가보자.

경란은 명희의 예상 밖의 상황에 놀랐지만 친구의 고민에 연민이 생겨 손을 잡으며 위로했다. 그 후 명희는 병원 치료를 받아 완쾌는 했지만 남자의 행동에 상처를 많이 받았다. 남자는 친구들과 단체로 사창가를 가게 되어 비롯된 일이라며 용서해 달라고 달래고 달랬다고 했다. 좀처럼 마음을 움직이지 않던 명희는 남자가 대기업에 취업하게 되자 그 남자와 결혼했다. 집에서 빈둥빈둥 지내는 것이 무료하기도 했지만 성관계까지 한 남자와 헤어지는 것이 그당시 사회 관습상 어려운 일이었기 때문이다.

명희는 남편을 항상 그 인간 그 인간 하면서 남편에게 받은 스트레스를 풀어냈다. "울 집 그 인간은 회사에 자기 아니면 일 할 사람이 없는지 매일 술 먹고 12시 넘어 들어오고 휴일도 없이 일했다 아이가. 오죽하면 울 아들이 어느 날 아침에 눈뜨며 침대에 있는 아빠를 보더니 "아저씨는 누구세요?" 했다는 것 아니니. 그렇게 가족도 내 팽개치고 몸 바쳐 일한 회사면 뭐하노? 임원도 못 된 채 명예퇴직 해놓고 할 일 없으니 맨날 나만 들들 볶고. 그리고 내가 바쁠 때면 지가 좀 차려 먹을 것이지 꼬박 꼬박 이 나이까지 삼시세끼 밥상 차려 대령해야 하나."라며 남편 퇴직 전에는 코빼기도 안 보여 준다는 것이 퇴직 후에는 매일 밥상 차려주는 불평으로 바뀌긴 했지만 이런 투덜거림은 고정 레퍼토리였다. 특히 경란과 같이 아침 일찍 여행사 1일 관광을 가는 날이면 만나자마자 입이 서너 댓 발 나와서 속사포처럼 쏟아냈다. 또 돈에 인색한 남편에 대해서는 자존심이 무너지는 것까지 보태져 그 분함을 참지 못하며 "나도 그 인간하고 안 살고 싶지만 연금이 있나 모아놓은 돈이 있나? 결혼하기 전에도 알았지만 그 인간은 돈에 와 그리 인색한지 모르겠대이. 우리는 모아놓은 돈이 없다 아이가. 그래서 지금 사는 아파트를 은행에 맡긴 후 주택연금을 받아 생활하니 돈 쓰는 것을 너무 무서워하는 기라. 내가 장을 봐 오면 허투루 썼을까 봐 꼬치꼬치 따지는데 정말 미치겠는기라."라며 넋두리를 털어내곤 했다.

지난해, 동창 모임에서 하와이 여행 얘기가 나왔을 때 명희가 신이 나 앞장서서 추진했었는데 결국 여행을 가지 못했던 일이 있었다. 명희의 뒷 얘기는 "말도 마래이. 내가 그렇게 하와이 가고 싶었는데 그 인간 때문에 몬 같대이. 요즈음 오른쪽 어깨가 아파 병원에 갔더니 수술해야 된다 카는데 알아보니 200만 원이 조금 더 든다 카더라. 이를 들은 그 인간이 뭐라 칸 줄 아나? 어깨수술을 하든지 여행을 가든지 둘 중에 하나만 택하라고 안하나. 그렇게 말하는데 내가 우째 여행을 가겠노. 난 그 생각만 하면 너무 자존심이 상하고 속상하대이."라는 것이었다. 인색한 남편의 험담을 하고 나면 언제나 이혼한 경란을 부러워하는 말을 덧붙이곤 했었다. "직업이 있어 경제적인 자립이 가능해 당당하게 이혼한 경란이 니가 너무 좋아 보이더라. 혼자서 자유롭게 눈치 안 보고 쓰면서 니같이 사는 것이 꿈이대이. 일어나고 싶을 때 일어나고 자고 싶을 때 자고 외출하고 싶을 때 외출하고……. 나는 경제적 능력도 없고 이제 와서 이혼하는 것은 자식들 보기나 남들 보기도 그러니 생활비만 해결된다면 그 인간하고 졸혼하고 싶대이. 지금 사는 아파트는 너무 커 청결에 과도한 집착 증세가 있는 그 인간 입맛에 맞게 청소하느라 내 몸이 다 녹아난대이. 내 몸은 이런데 그 인간은 지 몸을 얼마나 챙기는지 매일 좋다는 약을 한 움큼씩 먹는다 안카나. 그래서 지금 사는 아파트 팔아 작은 아파트 두 채 사서 그 인간하고 떨어져 서로 간섭받지 않고 살면 얼마나 좋을까하고 맨날 생각한대이." 그러면 경란은 "그래도 너는 남편이 벌어다 준 돈으로 살림만 하잖니? 나는 이제까지 누가 벌어다 준 돈으로 편하게 살았던 때가 없었어. 돈 버는 것도 만만치 않아?"라며 위로 비슷한 말을 하곤 했다.

이렇듯 미워만 했던 명희가 남편의 죽음 앞에서 태도가 반전되어 애통해하는 것을 보며 '아니, 남편을 미워만 한 게 아니었잖아'라는 생각이 슬금슬금 올라오고 있는 데 명희가 수줍어하며 말했다.

—그리고 생각해 보면 밤마다 섹스를 밝힌 것도 바람피우는 다른 여자가 없어 나만 바라보고 그랬을 긴데……. 1일 관광 갔을 때 어떤 친구가 아직도 남편과의 잠자리가 황홀하다고 하는 말을 듣고 그날 밤 섹스 요구에 같이 뜨거웠었는데 그것이 마지막 잠자리가 될 줄 몰랐대이. 그래도 그날 내가 진심을 다해 받아들였다는 것이 한 가지 위로가 된대이.

이 말은 명희가 남편을 많이 사랑해 왔다고 선언하는 것처럼 들렸다. "그놈의 자슥은 밤마다 잠자리를 요구하는기라. 섹스 에니멀이 따로 없대이. 어떤 때는 내가 마치 일본군 위안부 노릇하는 기분이 든다 아이가. 젊을 때부터 그렇게 밝혀 내가 10번도 넘게 낙태수술 했던 것 니도 알제. 그래서 내 몸도 많이 망가진 것 같대이." 그동안 귀에 딱지가 앉게 해왔던 이런 말들이 경란의 머리에서 자리를 못 잡고 갑자기 튕겨져 나가는 것 같아 명희에게 끝내 물어 볼 수밖에 없었다.

—그런데 가만히 듣고 보니 그동안 남편한테 그 인간 그 인간 하면서 온갖 험을 잡더니만 그게 다가 아니네. 너 속으로는 남편 끔찍하게 사랑한 거 아냐?

이 말에 명희는 눈가에 아직도 맺혀 있는 눈물을 찍어내며 말했다.

—사랑이라기보다는 정이겠지. 미운 정 말이야. 미운정이 고은 정보다 더 무섭다 안카나. 막상 그 인간이 저 세상으로 가니 미워할지언정 없는 것 보다는 있는 것이 훨씬 나은 것 같다는 생각이 드는기라.

—오늘 네 말을 들어보니 너의 남편도 마음속에 너를 아끼는 맘이 많았던 것 같네. 비록 네가 너무 늦게 알아차린 게 아쉽기는 하지만. 남편이 너한테 '사랑'이란 단어를 쓰지 않았지만 네 앞으로 연금보험 들어놓고 네가 걱정할까 바 심장약 먹는 것도 말하지 않고. 밤마다 너를 안아주며 섹스 하는 것이 바로 남편 방식의 너에 대한 소위 그 '사랑'이라는 것이 아닐까?

경란은 이런 말을 하며 사이좋은 관계는 저절로 되는 것이 아니고 서로 간에 상대가 원하는 방식으로 노력하고 소통해야 될 것 같다는 생각을 했다.

명희 남편의 장례식을 치르고 한 달 후에 경란과 명희는 순애 남편 재선이 입원한 K시의 요양원에 문병 가기로 했다. 순애도 경란과 명희와 같은 대학에 입학하면서 알게 되어 세 명은 40여 년을 친구 사이로 지내고 있다. 서울에서 태어나 계속 살았던 경란과 순애와 달리 명희는 경상도의 Y시에서 고등학교까지 다니다가 대학교에 입학하면서 서울로 올라왔다. 창구에 가서 발권을 하고 K시로 떠나는 버스의 출구에서 명희를 기다리는데 버스 떠날 시간이 거의 다 되어 경란을 발견한 명희가 뛰어왔다. 한 달 사이에 좀 수척해졌지만 그래도 평정을 많이 회복한 것 같이 보이는 명희를 보며 경란은 말했다.

—아직도 경황이 없고 남편 빈자리가 너무 힘들 텐데 재선씨 병문안까지 가는 걸 보면 너도 대단해.

—순애도 친구지만 남편 재선이도 내 국민(초등)학교 동창아이가. 우리 남편이 갑자기 죽는 것을 보니 재선이가 저 세상으로 가기 전에 얼굴 한번 봐야겠다는 생각이 퍼뜩 나더라.

어릴 적부터 재선과 같은 동네 살았던 명희는 아직도 순애 남편을 그냥 '재선'이라고 부르고 있다. 둘은 출발하려고 시동을 걸어둔 버스에 서둘러 올라타니 승객이 앞쪽 좌석에만 듬성듬성 앉아 있었다. 경란과 명희는 뒤쪽의 한가한 좌석에 앉았다. 버스가 동서울 버스 터미널을 벗어나 천호대교로 접어드니 벚꽃과 개나리가 화사한 강 뚝 위에 연두 빛 새순이 돋은 버드나무들이 서 있고 그 사이로 한강이 유유히 흐르고 있었다.

—참 좋은 봄날이야. 오랜만에 나들이 가는 기분이대이. 이런 것도 다시 몬 보고 일찍 가버린 사람만 불쌍하대이.

봄이 막 시작된 차창을 보면서 먼저 간 남편이 생각났는지 혼잣말로 중얼거리던 명희가 경란을 보며 말했다.

—근데 며칠 전 전자상가에 공기청정기 사러 갔다가 우연히 성우아빠를 봤는데 컴퓨터 가게에서 이것저것 보고 있더라. 인사 하려다가 니하고 이혼한 남자인데 부러 그럴 필요가 있을까 해서 몬 본 척했다 아이가.

명희가 이혼한 남편 얘기를 꺼내자 경란은 얼굴을 약간 찡그리며 기분이 안 좋은 듯 말했다.

—자기 수입은 생각하지 않고 갖고 싶은 물건을 마구 사드리는 성우아빠 생각하기도 싫어. 아직도 컴퓨터 가게 열심히 드나들고 있나보네. 너한테나 하는 얘기지만 성우 아빠는 쇼핑 중독인 것 같아.

—그 정도야? 성우아빠가 물건 자주 사는 것은 알았지만 중독이라고 할 정도 인 줄 몰랐대이.

—성우아빠는 강원도 시골의 정미소집 막내아들이었어. 시아버지는 술을 좋아해 정미소에서 삯으로 받은 쌀을 마차에 싣고 읍내로 가서 술을 마셨는데 쌀이 떨어질 때가 되어야만 집에 돌아 왔다 하더라. 그나마 정미소는 시어머니와 형이 돌봐서 겨우 운영했다

고 해.

　―근데 그것이 성우 아빠의 쇼핑 중독증세와 무슨 상관이 있나?

　―정미소에는 기계가 많잖니. 그래서 성우아빠는 일찍부터 기계 가지고 노는 것이 취미였고 새로운 기계에 관심이 많았다나봐. 어릴 적부터 단파 라디오 축음기 등 새로운 전기제품이 나오면 시어머니와 형을 졸라 기어이 샀다고 해. 시아버지가 자녀 교육에 무관심하고 시어머니는 정미소일로 바쁘기 때문에 어릴 때부터 성우아빠가 경제 형편에 맞게 생활하는 훈련을 제대로 못 받은 것 같아.

　―그랬구나. 니하고 결혼한 후에도 계속 그랬나?

　―그랬지. 성우아빠의 기계에 대한 호기심과 물건 사는 버릇은 결혼 후에도 못 버리더라고. 라디오, 녹음기, 오디오 기기, 카메라 등 새로운 모델이 나오면 무조건 사 들고 오더라고. 신혼 초에 내가 너무 화가 나 성우아빠가 사들고 온 기계를 판 가게에 도루 가져다 준 적도 여러 번 있었어. 그 후론 몰래 사들고 와 사온 기계를 감추어 놓고 쓰다가 나에게 수시로 들켰어. 난 한 푼이라도 아껴보려고 버둥거리는데 취미생활로 가산을 탕진하니 많이 속상했어. 컴퓨터와 휴대폰이 나오자 이런 성우아빠의 습관은 더욱 심해지더니 점차 쇼핑중독 증상을 보였어. 가지고 싶은 물건을 못 사면 머리가 온통 그 생각으로 꽉 차서 다른 일에 집중 못하더라고. 그러다 보니 항상 자신이 번 것보다 많이 쓰게 되어 빚을 지게 되더라. 신용카드를 있는 대로 발급 받아 그 카드로 현금 서비스를 받아 돌려 막기도 하고 은행에서 대출도 받아쓰더라. 내가 성우아빠 대출할 때 보증도 많이 섰어.

─니가 돈을 버니 보증도 서 주었구나. 믿는 구석이 있어 더 그 랬나 보네.

　─그런 면도 있을 거야. 성우아빠가 살림에 안 보태니, 내 수입 으로 대출 이자 갚고 나머지 돈으로 빠듯하게 생활하게 되어 돈을 모을 수가 없더라고. 그러니 결혼한 지 10여 년이 넘어서야 겨우 집을 마련할 수밖에 없었어.

　─그래도 성우아빠와 니는 사이는 좋았다 아이가? 성우도 잘 봐 주고, 집안일도 도와주고, 니 회사일도 많이 도와주었잖아. 니 회 사 보고서를 타자로 쳐 주었다고 하는 것 들었을 때 참말로 놀랐 대이. 니하고 대화도 많이 하고, 부부 동반해 모임도 가고, 시장 도 같이 가고, 여행도 같이 다니는 것이 많이 부러웠대이. 성우아 빠와 니가 하도 붙어 다니고 꿍짝이 잘 맞아, 내가 토탈커플(total couple)*라고 불렀던 것 기억나나? 옷과 액세서리 등을 조화롭게 연출해서 패션을 완성하는 토탈패션과 매한가지로 니와 성우아빠 가 호흡도 잘 맞고 서로에게 공감하며 다정하게 지내고 있어 토탈 커플이라고 그랬다 아이가. 그 비결이 무엇일까 궁금했대이.

　명희가 경란 부부를 토탈커플이라 하며 부러웠었다고 하더니 느 닷없이 물었다.

---

*　쿠버와 해로프(Cuber & Harroff)가 이혼이나 별거 생각을 하지 않고, 10년 이상 한 배우자와 살고 있는 기혼남녀 211명을 대상으로 조사해서 분류한 5가지 부부유형 중 'the total mode couple'이 있는데 토탈커플(total couple)은 여기에서 유래된 명칭임을 밝혀둔다. 결혼의 이상적 적응 상태인 이 유형은 생활의 많은 부분을 부부가 함께 공유하고 성실하게 참여하고 부부간의 갈등이나 견해차이가 있을 때 양보나 타협 등 문제를 해결하는 다양한 방법을 찾는다고 한다.(유영주 외 2인[2002], 가족관계학. 서울: ㈜교문사, 198~200p에서 재인용하였음.)

—나는 토탈커플이라고까지 했던 니가 갑자기 이혼한다 해서 내 귀를 의심했대이. 우찌 된기고. 이혼한 니 상처를 건드리는 것 같아 한 번도 자세히 물어보지 몬 했다 아이가.

—성우아빠가 비록 돈은 절제 없이 쓰더라도 어린 시절에 잘 못 길들여진 버릇 때문이라고 이해하며 장점만 보고 살자고 했어. 오죽하면 내가 전생에 성우아빠한테 빚을 많이 져 현생에서 갚는 것이라고 생각하며 마음을 달랬겠니. 그것은 성우아빠의 나에 대한 사랑만은 굳게 믿었기 때문이야. 성우아빠한테 여자는 나 하나이고 나만 쳐다보고 사는 줄 믿었어.

—그랬겠제. 니가 그렇게 생각하니 성우아빠도 니한테 잘한 거 아이가.

—나도 그렇게 생각해. 근데 네가 말하는 토탈커플이 한순간에 무너진 사건이 터졌어. 순애가 우연히 성우아빠 정사(情事)현장 녹음 한 것을 보내주는 대형 참사가 터져버렸던 거지.

—그래? 순애는 우찌 그런 것을 다 녹음 했을꼬? 믿겨 지지가 않네. 그동안 순애는 나한테 그런 얘기 통 안했었는데. 우찌 나한테 그럴 수 있노?

자신한테만 얘기를 해주지 않은 경란과 순애한테 섭섭하다는 듯이 명희가 볼멘소리를 했다.

—그 당시는 자존심이 상해 너한테조차 도저히 성우아빠가 바람 피웠다는 얘기를 할 수가 없더라. 그래서 입단속을 시켰었는데 순애가 너한테도 얘기 안한 것을 보니 입도 무겁고 의리도 있네.

경란은 그 당시 일이 주마등처럼 떠오르며 아직도 분노가 가슴

속에서 끓어오르는 것을 느꼈다. 어느 날 순애가 "성우아빠한테 여자가 있나봐?" 하며 전화 했을 때 경란은 "세상 모든 남자가 바람 피워도 성우 아빠는 그럴 리 없다."며 강하게 부정했다. 그 당시 경란은 집 살 때 빌린 대출금을 갚아가며 성우아빠의 무절제한 전자제품 쇼핑으로 인한 카드빚도 수시로 막아주고 있었다. 그런 와중에 성우아빠가 근무하던 신문사를 그만두고 시의원에 출마 한다고 했다. 경란은 처음에는 정치하는 것을 많이 반대했지만 성우아빠가 간절히 원하기 때문에 나중에는 열심히 도왔다. 선거운동을 앞장서서 해 주며 대출도 받아 선거비용도 마련해 주었다. 선거 낙선 후 경란은 자신의 수입에서 이 빚을 갚아 가고 있어 많이 쪼들렸지만 자신에 대한 사랑을 굳게 믿었기 때문에 버티고 있었다. 그래서 순애의 전화를 강하게 부정했던 것이다. 성우아빠는 선거 낙선 후 정당에서 당직을 맡고 있었다.

순애가 성우아빠한테 부탁할 것이 있다하기에 직접 얘기하는 것이 좋겠다며 성우아빠 전화번호를 알려주었다. 그래서 순애가 성우아빠한테 전화를 했는데 당 대표와 독대해 중요 업무 얘기 중이라고 해서 끊으려고 했다. 그런데 갑자기 여자 목소리가 순애 전화기 너머로 들려왔다. 당대표와 독대하고 있다고 했는데 여자 목소리가 들리니 순애는 의아한 생각이 들어 종료 버튼을 누르지 못했다. 그런데 하필 그 순간이 성우아빠가 여자와 같이 모텔 방에 있을 때였다. 여자한테 정신이 팔린 성우아빠가 미처 종료 버튼을 누르지 않아 그때의 상황이 순애 전화기에 고스란히 녹음 되었던 것이다. 순애가 이 녹음 파일을 보내 주었음에도 불구하고 경란은 성우아빠가 그랬다는 것이 도저히 믿겨지지가 않았다. 그래서 망설이다가 떨리는 손으로 간신히 스위치를 눌렀다. 여자와 성우 아빠가 나누는 낯뜨거운 말 서로 애무하고 섹스하면서 내는 여자의 신음소리 성우 아빠의 거친 숨소리가 생생하게 흘러나왔다. 경란은 순간 충격을 받아 몸과 마음이 모두 붕괴되는 것 같았다. 녹음된 것을 듣고 있는 그 상황은 실제로 그 장면을 보고 있는 것 보다 더 비참하고 참기 어려웠다. 도저히 다 듣고 있을 수가 없어 전화기를 내던지고 책상으로 가 정신없이 성우아빠의 수첩을 찾았다. 성우아빠는 평소 수첩에 간단하게 그날 있었던 일 자신이 만났던 사람과 느낌 등과 앞으로의 해야 할 일등을 적어 놓는 습관이 있었다. 수첩은 항상 서랍에 넣어 두고 잠가 놓기 때문에 "무슨 비밀이 있어 잠가 놓느냐"고 농담도 한적 있었다. "당신과 나 사이에 무슨 비밀이 있겠어. 나중에 책 쓰려고 준비하는 건데 누가 보는 것이 좀 쑥스러워. 책이 나오면 다 볼 텐데 뭐."라고 했었다. 그런데 그날따라 서랍 잠그는 것을 잊어버렸는지 쉽게 열려 수첩을 볼 수 있었다. 수첩을 통해 선거 때 도와주었던 여성 운동원 중 한 명과 깊은 관계인 것을 알게 되었다. 경란은 명희한테 그 때 일을 대충 얘기했더니 명희가 많이 놀라면서 "성우아빠가 니를 업고 다녀도 시원찮을 판에 바람까지 피웠다니 나도 용서가 안 된대이." 하며 마치 자신이 겪은 양 분을 참지 못한 얼굴을 하더니 경란의 손을 꼭 잡아 주었다.

경란은 지옥 같았던 그 당시를 더 생각하고 싶지 않아 차창 밖으로 고개를 돌렸다. 중부고속도로를 한참 지나 영동고속도로로 접어들었던 버스가 여주휴게소를 지나 중부내륙고속도로로 접어들고 있었다. 차창 밖 야산의 소나무 아래 연분홍 진달래꽃이 듬성듬성 보이고 멀리 보이는 들판 둑에는 개나리꽃들이 노란 물결을 이루고 있었다. 나무들은 연두 빛 싹을 조금씩 내밀고 있었다. 경란이 차창 밖을 보고 있는데 명희가 순애 남편 재선이 쓰러진 얘기를 해주었다.

건축 자재상을 크게 했던 재선이 건설경기가 좋을 때는 사업이 잘 되었는데 최근 불황으로 경기가 침체되면서 사업이 어려워져 급기야 부도가 났다. 부도 후 일 년여 동안 빚쟁이들로부터 심한 빚 독촉을 받으며 많이 힘들었다. 빚쟁이들이 수시로 집으로 몰려오고 어느 때는 조직 폭력배들도 집으로 찾아와 행패를 부리며 협박했다. 갑자기 사업이 망해 집도 절도 없이 거리로 내 앉을 판에 험한 빚 독촉까지 받아 재선과 순애가 이루 말할 수 없이 고통스러웠다. 이런 상태가 계속 되다가 재선이 쓰러졌다. 순애가 아침 차려 놓고 재선을 찾으니 방에서 신문을 보고 있어 나중에 먹으려나 보다 생각했다. 기다려도 아침을 먹으러 나오지 않아 방에 가 보았더니 신문을 옆에 접어놓은 채 자고 있어 깨우지 않고 나왔다. 그런데 11시가 지나도 아침을 안 먹고 있어 방에 들어가 깨우려는데 요 밖으로 오줌이 나와 있고 의식이 없었다. 놀라서 119로 신고 했고 급하게 응급실로 갔으나 뇌경색이라 거의 손을 쓸 수 없었다. 거의 이 주일 후 의식은 돌아왔는데 마비가 와서 오른쪽 손과 다리를 모두 못쓰고 말도 못하게 되었다. 예전에 교통사고로 다쳐 왼쪽다리가 불편한데 이번에 또 쓰러져 오른쪽 다리까지 못 쓰게 되니 혼자 거동을 전혀 못하게 되었다. 명희 말을 듣던 경란은 순애가 너무 힘들고 어려운 일을 겪고 있는 것 같아 마음이 무거워져 말했다.

─몸도 약한 순애가 계속 감당하기 힘들었겠네.

─그래도 매일 끼니때마다 재선이가 입원한 재활병원에 들러서 식사 수발을 지극 정성으로 하더라고.

─그런데 왜 갑자기 재선씨를 K시의 요양원으로 옮겼니?

─응, 재선이 친구가 K시에 건물이 많은데 그 중 한 건물을 리모델링하여 요양원을 개원했어. 그 친구가 재활병원에 문병하러 왔다가 자기가 차린 요양원으로 가자고 해 갑자기 갔나 보더라고.

명희는 비교적 소상히 재선과 순애의 현재 상황을 얘기해 주다가 불쑥 순애와 재선의 결혼 당시 얘기를 꺼냈다.

─순애 생각하면 대단하긴 하대이. 내가 Y시에서 재선이 집 가까이 살아 그 집안에 대해 좀 알잖아. 그래서 순애가 재선이와 결혼 하려 했을 때 내가 선뜻 동의를 못하고 좀 말렸다 아이가.

─왜 말렸는데?

경란이 의아해 하며 물었다.

─재선이 집안이 너무 복잡하고 주변에 여자들이 많아 순애가 결혼하면 힘들 것 같아 그랬대이.

명희는 재선의 복잡했던 집안 얘기를 경란한테 했다. 재선의 집안은 조상 대대로 물려받은 땅이 많아 Y시에서도 알아주는 부자였다. 당시 잘사는 대부분 남자들이 그랬듯이 재선아버지도 첩이 있었는데 주로 그 첩의 집에서 지냈다. 재선아버지가 이 사업 저 사업 벌여 가산을 탕진 하다 보니 집안이 기울어졌는데 재선어머니가 남아 있는 땅을 팔아 음식점을 열었다. 다행히 음식점이 잘 되었다. 그러나 재선아버지는 여전히 첩과 살면서 돈이 필요할 때만 재선어머니 집에 들렀다. 그뿐만 아니라 존재 자체만으로도 눈에서 불이 날 지경인 첩과 그 자식들이 하루가 멀다 하고 재선의 집에 와 돈 달라고 난동을 부려 재선의 집에서는 큰소리 안 나는 날이 거의 없었다.

이런 명희의 얘기를 듣고 있는데 경란은 순애한테 들었던 재선과의 결혼얘기가 떠올랐다. 순애 엄마의 경상도 고향 친구가 재선과 선을 보라고 했는데 처음에는 선을 안 보려고 했던 것 같았다. 왜냐하면 순애가 이전에 사귀었던 남자가 경상도 남자였는데 무뚝뚝하고 자기 하고 싶은 말 다하는 통에 상처를 받아 헤어진 적이 있었기 때문이다. 그런데 엄마 친구가 순애도 모르게 약속을 잡아 놓고 자기체면 살려주는 셈 치고 얼굴만 보여주고 오라고 했다. 그래서 엄마 친구를 생각하여 별 기대 없이 나갔는데 이전에 사귀었던 경상도 남자와는 달리 재선이 말을 상냥하게 하고 자기 말을 열심히 들어주었다. 그래서 순애는 재선이 무척 따뜻한 사람이라고 생각했다. 말을 예쁘게 하고 경청하는 재선과 그런대로 얘기가 잘 통해 몇 번 만났는데 순애가 혈액암 진단을 받게 되어 재선과 연락을 하지 않았다. 그러던 어느 날 재선이 순애 집을 찾아왔다. 구하기 어려운 산삼도 가져오고 항암치료 받고 있는 순애한테 지극 정성이었다고 했다. 재선은 순애한테 이식해주려고 골수 검사까지 했다는 얘기도 들었던 기억이 났다.

—근데 재선씨 주위에 여자가 많았다는 얘기는 뭐야?

경란이 궁금해서 명희에게 물었다.

—대부분 남자와 매한가지로 재선이가 여자를 좋아하는 것도 있겠지만 특이하게도 재선은 여자들한테 복수하기 위해서 놀다가 버린다고 했어. 아버지를 유혹해 딴 살림을 차린 여자에 대한 증오심 때문에 여자를 섭렵한다는 거야. 어머니가 첩한테 당하고 사는 것이 너무 불쌍해 여자들한테 상처를 주고 싶다는 건데 나는 이해가 좀 안 되더라고. 재선의 잘 생긴 외모와 풍족한 돈으로 가능했던 거겠지. 아마 임신 시킨 여자들도 여러 명 있었다카데. 그때마다 어머니가 돈을 주어 해결했다 카더라.

—나도 이해가 안 되는 이상한 논리인 것 같긴 하네. 그런데 결혼 하고도 여자들을 많이 만났니?

—언젠가 초등학교 동창회 끝나고 재선이와 두세 명 동창들이 차를 마시면서 이 얘기 저 얘기 하다가 바람 피웠던 얘기를 하더라. 그러면서 그 여자가 순애를 찾아갔었다는 말까지 하는데 어떻게 그런 얘기를 동창들 앞에서 하는지 나도 좀 실망스럽더라고.

명희의 말을 들은 경란은 재선 애인이 찾아왔을 때의 순애 심정을 생각하니 성우아빠한테 여자가 생긴 것을 알고 느꼈던 감정이 되살아났다.


버스가 K시 IC로 나와 둑에 벚꽃이 한창인 호숫가를 지나 K시 시외버스 터미널에 도착했다. 택시를 타고 요양원에 도착해 들어가 보니 리모델링 한지 얼마 안 되어 그런지 깨끗하고 볕이 잘 들어 환했다. 접수 보는 직원한테 문병 왔다고 하니 보호자가 올 때까지 조금 기다리라고 했다. 접수 카운터 뒤로 유리문이 있는데 그 안쪽을 보니 환자들이 침대에 누워 있거나 휠체어 타고 있는 모습이 보였다. 잠시 후, 전 보다 많이 마르고 얼굴이 까무잡잡해진 순애가 나타났다. 명희를 보자마자 "병간호하느라고 틈이 없어 너희 남편 장례식에도 못 갔는데 여기까지 내려 와주어 고마워." 하며 손을 꼭 잡은 채 잠시 있다가 재선의 입원실로 안내했다. 재선은 명희와 경란을 잘 알아보지 못하는 것 같았다. 순애 말로는 뇌경색으로 치매가 시작되어 사람을 알아보지 못한다고 했다. 그 말을 들은 명희와 경란은 안쓰러운 마음이 몰려왔다. 문병을 마치고 나와 순애한테 점심을 사 주겠다고 하니 벌써 점심을 다 차려 놓았다며 집으로 가자고 했다. 요양원 뒤 쪽으로 조금 걸어가니 지은 지 오래된 작은 아파트 단지가 보였다. 순애는 아파트 3층에 세 들어 살고 있었다. 문을 열고 들어가니 낡기는 했지만 깨끗하게 청소 되어 있는 거실 가운데 밥상이 차려져 있었다.

—혼자 지내면서 청소를 얼마나 했는지 집안이 반짝반짝 하대이.

하는 명희 말에 고등어를 구우면서 순애가 말했다.

—우리 시어머니가 청소에 대해 강한 집착을 보였잖니. 그래서 내가 훈련이 되었나봐. 내가 청소에 하도 시달리다보니 시어머니가 청소에 집착하는 이유를 생각해 봤어. 아마 시아버지가 첩을 얻어 사는 것에 많은 상처를 입었고 그 상처가 변질되어 불결에 대한 강박관념을 갖게 된 것이 아닌가해. 바닥을 손으로 훑어 머리카락 하나라도 떨어져 있으면 못 참고 불같이 화를 내며 욕을 했어. 입

에 담기도 창피한 욕인데 "가랑이 찢어죽일 년", "첩 같은 년", "소박맞을 년", "서방 잡아먹을 년" 등 듣고 있기가 너무 힘든 욕이었어. 형제 중에 시아버지를 가장 많이 닮은 우리 재선씨를 시아버지와 동일시해서 나를 남편을 꼬셔낸 첩으로 착각하는 게 아닌가 하는 생각이 들더라. 그래서 내가 불결해 보였고 더러운 것을 깨끗하게 해야 된다는 강박관념으로 청소에 집착했던 것 같아.

—애 키우는 집에 머리카락도 떨어져 있고 과자 부스러기도 밟히고 하는 것이지 그렇다고 화를 그리 모질게 내 싸면 우짜노.

—명희야, 네가 그런 말을 하니 "그 인간이 회사에서 부하 부리듯 나한테 명령해 싸면서 구석구석 지저분한 곳 찾아내어 청소하라고 다그친다 카이. 청소 청소 하면서 하도 나를 들들 볶아 빡빡 청소 하느라고 온 삭신이 다 쑤신대이."라며 남편 욕을 마구 쏟아냈던 네 모습이 생각나네. 남편이 저세상으로 간 지금은 그 잔소리도 그리움으로 남아 있는 거 아냐?

—맞아. 네 말을 듣고 보니 그 인간 그 인간 하던 때가 그립네. 그렇게 빨리 갈 줄도 모르고 미워하기만 한 게 회한이 많이 남는다 아이가.

순애는 명희가 울컥하는 것을 안타깝게 바라보더니 시어머니 얘기를 계속했다.

—나를 첩으로 착각하니 신혼 초에 우리가 자는 옆에서 이부자리를 펴고 잘 때도 있었어. 같은 방에 자지 않을 때도 벽에 귀를 바싹 대고 듣고 있는 것 같아서 우리 재선씨와 잠자리도 제대로 못하겠더라.

남편을 '우리 재선씨'라고 하는 순애를 보더니 "다 늙어서까지 '우리 재선씨'가 뭐니? 아직도 둘이 연애 중인 줄 착각하는 거 아냐?"라며 처음 만날 때부터 순애가 재선을 칭했던 것을 기억하고 있는 경란과 명희가 동시에 놀리듯 말했다.

이 말을 들은 순애는 긍정도 부정도 아닌 애매한 미소를 짓더니 구운 고등어를 가져와 시금치 된장국, 청국장, 무말랭이, 청태자반, 콩나물 무침이 정갈하게 차려진 밥상 위에 놓으며 말했다.

─배고플 텐데 어서 밥이나 먹자.

점심시간이 훌쩍 넘긴 터라 명희와 경란은 허겁지겁 밥을 먹기 시작했다.

─야, 이 청태자반 맛있대이. 이거 내가 제일 좋아하는긴데.

─그렇구나. 우리 재선씨도 청태자반을 좋아해. 입맛이 없어도 이 매콤한 청태자반만 있으면 밥 한 그릇 다 먹거든. 지금은 요양보호사가 봐 주긴 해도 식사 때마다 내가 가서 밥 먹여주고 양치질 해주고 있어.

─다리도 불편해 보이는데 손이 많이 가는 청태자반까지 만들고.

명희는 청태자반을 연신 밥에 얹어 먹으며 재선을 위한 순애의 정성에 다소 감탄하는 것 같았다.

─내 다리는 지금 많이 좋아진 거야. 재활병원으로 옮기기 전 처음 입원한 병원에 있었던 6개월 동안 내가 직접 간병을 했잖니. 체격이 큰 우리 재선씨 먹이고 대소변 받아내고 씻기고 휠체어에 옮기고 하면서 몸에 무리가 갔나 봐. 이곳으로 이사 온 후 온 몸이

안 아픈 데가 없었고 걸을 수도 없을 만큼 심하게 앓았어.

─많이 힘들었겠네. 지금은 걸을 수 있게 되었다니 그나마 다행이다.

경란은 다리를 끌며 다니는 순애를 보며 위로 했다.

─니 시어머니 얘기를 들어보니 참기 힘 들었겠대이. 그런 시집살이를 하고 있는데 재선씨와 바람피운 여자도 찾아 왔었다고 하던데 참말이가?

명희는 얼떨결에 재선이 바람피운 얘기를 하며 아차 했으나 순애는 마치 해탈한 듯한 표정으로 담담하게 말했다.

─너희들도 알고 있었네. 시어머니의 괴팍한 행동도 참기 어려운데 바람피운 여자까지 찾아오고 정말 머리가 깨지는 것 같았어. 너희들 바위를 어떻게 자르는지 알아? 바위에 금을 가게 한 후 그틈에 물 묻힌 나무 쐐기를 박아 놓으면 나무가 팽창하면서 바위가 쫙 하고 갈라지거든. 내 머리가 그 바위가 갈라지는 듯 두 동강이 나는 기분이었어. 정신이 분열되어 마비되는 것 같았어. 이런 상황에서 문득 우리 재선씨가 나한테 청혼 할 때 했던 말이 떠오르더라고.

─무슨 말을 했는데?

경란과 순애는 많이 궁금했는지 동시에 물었다.

─너희들은 프로포즈 받을 때 무슨 말을 들었는지 모르겠지만 우리 재선씨는 특이 하게도 "나를 평생 견디겠다"라고 하더라. 그 말이 인상적이었어. 그 당시는 내가 혈액암 투병 중이어서 처음에는 아파도 받아 준다는 뜻으로 이해했어. 그런데 언니가 준 골수를 이

식해 혈액암이 완치된 후 결혼해 살아가면서도 우리 재선씨는 나의 까다로움과 잔소리, 다소 괴팍스러운 성격, 살림 솜씨 없는 것에 대해 아무런 비난을 하지 않더라고. 그리고 형부가 교통사고를 내 구속될 위기가 있었는데 우리 재선씨가 검찰청에 있는 동창들을 찾아다니며 구속을 면하게 해주었어. 그때는 정말 고마웠어. 내가 10년 전 보이스 피싱으로 3천만 원을 사기 당했었는데 "조심하지 그랬어."라는 말밖에 하지 않고 빚을 갚아 준 적도 있어. 일일이 기억은 다 못하지만 결혼생활 하면서 묵묵히 참고 견뎌 주었어. 여러 가지로 힘들었을 텐데도 불구하고 프로포즈 했을 때 했던 약속을 지금까지 지켜왔던 것 같아.

사기 당했던 얘기가 나오자 명희가 놀라며 끼어들었다.

—재선이가 그랬나. 어려운 동창들을 많이 도와주어 따뜻한 사람이란 것은 알았지만 형부 일도 발 벗고 나서서 해결해 주고 그 많은 돈 사기 당했어도 참아주고 참말로 너그러웠대이.

—"나를 평생 견디겠다."라는 우리 재선씨 말이 살아가면서 점점 피부에 와 닿았어. 그리고 우리 재선씨가 나를 참을 때 고통스러웠을 거라고 생각하니 결점을 고치려고 노력하게 되더라. 그러면서 나도 평생 우리 재선씨를 견뎌내야 된다고 생각했어. 어려운 상황이 있을 때마다 나 자신이 얼마나 견딜 수 있나 스스로에게 시험하면서.

잠자코 순애 말을 듣고 있던 경란이 다소 흥분된 듯 톤을 높여 말했다.

—그래도 막상 남편한테 여자가 있으면 견디기 어려웠을 텐데.

나도 성우아빠를 참고 참다가 순애 네가 녹음한 정사 장면을 듣고 나니 도저히 참을 수가 없었는데.

　—그 당시 너한테 그 사실을 알리는 게 한편으로는 망설여졌는데 너무 충격적이어서 혼자 감당이 안 되더라고. 경란이 네가 성우아빠한테 그동안 해왔던 것을 알고 있어서 더욱 더 그랬어. '어떻게 성우아빠를 내조해 왔는데 이럴 수가 있나' 하며 괘씸하고 분해 잠이 안 오더라. 그래도 너한테 말하지 않았어야 했는데. 네가 그 일로 이혼하게 되니 녹음 파일 보내 준 것이 많이 후회되더라.

　—아냐, 잘 보내 주었어. 네가 그러지 않았어도 결국 알게 되었을 거야. 덕분에 이혼이 앞당겨져 홀로서기를 한 살이라도 젊을 때 시작 할 수 있었어.

　—그렇게 말해 주니 내 마음의 짐을 좀 던 것 같네.

　그러면서 순애는 말을 이어갔다.

　—어느 날 어떤 여자가 찾아와 나에게 우리 재선씨와 깊은 사이이고 자기를 사랑하니 마음에 없는 사람과 뭐 하러 사느냐고 하더라. 너무 기가 막혔고 배신감으로 상처를 받아 고통스러웠어. 시어머니의 지독한 시집살이에 지쳐 있었던 상태라 이혼할까 하는 생각까지 했지.

　—당연히 그랬겠지.

　경란이 이해가 간다는 듯이 고개를 끄덕이며 말했다.

　—우리 재선씨가 "신경 쓸 것 없고 절대로 깊은 사이 아니고 한두 번 술자리에서 어울린 것 뿐"이라고 말했지만 나는 그 여자 일로 대판 싸운 후 우리 재선씨와 말도 안하고 지냈어. 무엇보다도 우리

재선씨에 대한 불신으로 매사 못 믿고 의심하면서 피폐해져 가는 게 힘이 들더라. 경란이가 여자 일로 성우아빠와 이혼한 것이 이해가 갔어. 그런데 얼마 뒤 그 여자가 나한테 찾아와 돈을 주면 우리 재선씨와 헤어지겠다는 거야. 그 당시 우리 재선씨 사업이 잘되어 돈을 흥청망청 물 쓰듯 쓰고 다녔던 때라 돈 보고 접근했던 것 같았어. 우리 재선씨가 돈을 안 주니 협박하려고 나를 만났었나봐. 그래서 그 일도 견뎌내야 하는 일에 들어간 거야.

　—그건 그렇고 순애는 이번에 부도 난 것만 해도 하늘이 무너질 것 같을긴데, 재선이가 혼자 움직이지도 몬해 수발을 다 들어야 하는데, 우찌 버티고 있노?

　—정말 네 말대로 우리 재선씨가 부도가 났을 때 눈앞이 깜깜했어. 엎친 데 덮친 격으로 쓰러져 혼자 거동도 못하게 되니 왜 나한테 이런 시련이 연달아 오는가 하고 하늘을 원망하게 되더라. 쓰러져 의식이 안 돌아 온 이주일 동안 우리 재선씨가 누워있는 침대를 물끄러미 바라보고 있는데 막막함이 밀려오더라. 처음에는 이러한 막막함의 정체가 혼란스러웠는데 며칠 후 깨닫게 되었어. 막막함은 앞으로 내가 견뎌내야 할 사람이 이 세상에 존재하지 않을지도 모른다는 일종의 상실감에서 오는 것이라는 것을 알았어. 우리 재선씨가 의식이 깨어나니 정말 기쁘더라. 말도 못하고 혼자 대소변도 못 가리고 밥도 제대로 못 먹는 것을 보니 너무 불쌍해 내 몸이 망가지는 것도 모르고 매달려 간병을 하게 되더라. 우리 재선씨가 살아 있는 것 자체와 같은 하늘 아래 숨 쉬고 있다는 것만으로도 감사했어. 시어머니의 지독하고 괴상한 시집살이로 분열된 채 살았는데

그것이 훈련되어 지금의 극한상황을 견디게 하는 힘이 되었나봐. 분열이 재통합되면서 융합되어 새로운 형체가 탄생하는 이치라고나 할까? 상처가 만들어 낸 힘이라고나 할까? 극한상황에서 극복하는 힘이 나오는 것을 보면 인생의 묘한 아이러니 같아.

─세상사를 거의 다 통달해 발 아래 놓고 맘대로 주무르는 도사 같은 말을 하고 있네. 이러한 극한 상황에서 순애가 견디는 힘은 재선씨에 대한 진정한 애정에서 나온 것일 텐데 이에 재선씨도 한 몫 한 것 같네. 들어보니 재선씨가 프로포즈 할 때 "평생 견디겠다."라고 한 약속을 한결같이 지킨 것 같아. 그런데 이렇게 하는 것이 어디 쉬운 일이었겠니? 마음이란 게 하루에도 아침 다르고 저녁 다른데 질곡 같은 긴 인생동안 한 마음으로 살아간다는 것은 누구한테도 만만치 않은 일일 거야. 오랜 세월 한마음으로 서로의 처지를 역지사지하다 보니 역경 속에서도 견디면서 보듬어 주게 되는 힘이 생긴 것일지도 몰라. 그런 면에서 보면 순애와 재선씨 모두 존경스럽다.

경란은 다소 감동이 된 듯 말하니 그 말을 듣고 있던 명희가 경란을 보며 말했다.

─맞아. 그런데 우찌 됐든 간에 토탈커플을 박차고 이혼한 경란이 우리 셋 중에서 가장 강하고 냉정한 여자 같지 않니?

─나도 성우아빠가 차라리 재선씨 경우처럼 돈 보고 접근했던 여자를 만났다면 이혼까지는 안했을지도 몰라. 그런데 성우아빠는 일시적으로 바람 난 게 아니라 진지하게 사랑에 빠진 것 같았어. 그 여자가 마치 살아가는 모든 의미인 것처럼 내 앞에서 당당하게 말

하는 성우아빠와 더 이상 살아갈 자신이 없었어.

경란이 그때의 상황이 떠올랐는지 분노로 흥분하여 목소리 톤이 다소 높아지며 말을 이어갔다.

—이혼하고 얼마 지나지 않아 성우아빠가 찾아와 시간을 되돌릴 수 있다면 되돌리고 싶다고 후회하며 다시 합치자고 했는데 용서가 안 되더라. 그 후 성우아빠의 재결합 요구는 지금까지 이어지고 있지만 거절하고 있어. 아마 성우아빠는 아직도 토탈커플의 꿈을 꾸고 있을지 모르지만 배신한 성우아빠가 용서 안 돼. 재선씨하고는 바람피운 종류가 달라서 그런가 아니면 순애보다 견뎌 내는 저력이 없어서 인가? 너희 둘이 어려운 와중에서도 부부관계를 깨지 않고 지키는 것을 보니 대단하다는 생각이 드네. 근데 너희 둘도 둘이지만 재선씨나 명희 남편의 그에 상응하는 노력이 없었다면 불가능 했을 거야. 토탈커플은 저절로 되는 것이 아니고 서로가 상대방 입장이 되어 온 마음으로 노력해야 이루어지는 것 같아. 그리고 여기서 중요한 것은 이렇게 노력하고 있는 것을 상대가 알게 해야 된다고 생각해. 명희같이 남편의 노력을 너무 늦게 알게 되면 회한이 많이 남을 것 같아. 그리고 나의 경우는 내가 강하고 냉정하다기보다는 성우아빠의 너무나 당당한 외도를 보고 나만 일방적인 노력을 하고 있다는 절망감으로 붙들고 있던 끈을 놓아 버렸다고 보는 것이 더 적절할 거야.

경란은 다소 쓸쓸한 표정으로 대답하며 명희를 보니 남편 생각이 났는지 다소 목멘 소리로 말했다.

—맞아, 그 인간, 아니 우리 남편은 그 사랑인지 뭔지 하는 것

을 표현 안하고 있었으니 내가 우찌 그 속을 알긋나. 죽은 다음에야 기어이 알게 해 이렇게 가슴 아프게 한다 아이가. 참말로 밉상은 밉상이대이.

서울에 올라온 경란은 명희와 헤어져 혼자 지하철을 타고 오며 두 친구가 요즈음에 겪고 있는 어려움이 안쓰럽게 느껴졌다. 문득 고개를 들어보니 젊은 남녀 둘이 지하철 문이 닫히려는 순간 뛰어 들어오더니 무사히 탑승한 것이 재미있는지 서로를 바라보며 낄낄거렸다. 그러면서 꿀이 뚝뚝 떨어지는 눈길로 서로를 바라보며 남자는 한쪽 어깨에 여자 핸드백을 걸치고 두 팔로 여자의 허리를 부둥켜안더니 키스를 하는 것이었다. 지하철에 승객이 있다는 것을 전혀 아랑곳하지 않는 듯 했다. 키스를 두세 번 한 후에 남자는 한 손으로 여자의 긴 머리카락을 만지고 여자는 남자의 가슴에 쓰러지듯이 안겨 손장난을 하며 얘기를 소곤소곤 하고 있다. 잠시도 떨어지는 것이 싫은 듯 보이는 이 커플은 언제까지 이토록 다정 할 수 있을까? 아주 먼 훗날 어떤 커플의 모습일까?

그러면서 토탈커플로 산다는 것은 어떤 것일까? 하는 물음이 머릿속을 비집고 들어왔다. 아무리 생각해도 진정한 의미의 토탈커플로 산다는 것은 쉽지 않은 일인 것 같다. 고통스러운 상황이 있음에도 불구하고 서로의 처지에 공감하고 무한히 견뎌 가면서 보듬어 주며 사는 것일까? 아니면 함께 있는 것만으로도 싸우는 것이 습관화되면서 쌓여진 미운 정으로 사는 것일까? 아니면 견딜 만큼 견디다가 과감히 깨고 나와 자신만의 우주 안에서 홀로 사는 것일

까? 커플로 사는 모양새의 스펙트럼이 너무 다양할 것 같다. 아마
도 같은 커플이라도 질곡 같은 인생의 긴 행로를 거치면서 이 모양
저 모양으로 다양하게 변화되어 왔을 것이다. 여러 가지 생각을 하
며 가고 있는데 카톡 소리가 나서 보니 성우아빠가 밥이나 한번 먹
자고 보낸 것이었다. 경란은 이전과 같으면 망설이지 않고 삭제해
버렸을 텐데 순애와 명희를 만난 여파가 남아서였는지 토탈커플에
대한 희미한 미련이 슬금슬금 올라와서인지 삭제하는 것이 조금 망
설여졌다.

사랑의 미망迷妄

# 사랑의 미망 迷妄

꿈을 자주 꾸고 그 해몽이 잘 맞는다고 믿는 그녀와 함께 한 자리였다. 저녁을 먹으며 그녀는 최근 계속 유사한 꿈을 꾼다고 했다. 나는 호기심이 생겨 어떤 꿈을 꾸었냐고 물어 보았다.

—커다란 호랑나비가 고은 청색과 붉은색이 영롱한 날개를 펴면서 햇빛이 찬란하게 비치는 지붕을 향하여 날아오르더라고요. 그런데 이 꿈의 해석을 찾아보니 '우연히 천생배필을 만나게 된다'란 것이었어요. 며칠 후에는 아스라한 복숭아꽃이 길 양옆을 꽉 메우고 있는 꿈을 꾸었는데 '미혼 남녀라면 좋은 인연을 맺게 된다'는 해몽이었고, 또 바구니에 가득 담겨진 붉은 앵두를 먹는 꿈도 있었는데 '사랑하는 애인을 만나서 열애가 이루어질 징조'라고 해요.

그녀는 다소 쑥스러워하며 흥분된 목소리로 꿈과 그 해몽을 진지하게 설명해 주었다.

—요즈음에 왜 이런 꿈들을 연속적으로 꾸는지 모르겠어요. 저한테 애인이 생기려나 봐요!

—꿈 해석대로 여생을 같이 할 멋진 사람 만나 외롭지 않게 오순도순 사시면 좋겠어요.

나는 다소 황당하긴 했지만 혼자되어 고독한 그녀의 사정을 속속들이 알고 있는 터라 덕담을 해주었다. 나의 이런 말에 그녀는 꿈에 대한 해석을 강화하면서 뭔가 새로운 사람을 만날 것 같다는 분홍빛 예감으로 가슴이 설레는 것 같았다.

나는 그녀와 같은 제약회사에 근무했고 얼마 전에 함께 퇴임했다. 그녀와 나는 같은 부서에 속해 있었고, 사는 동네가 비슷했고, 옷 입는 취향, 뒷담화 코드, 세상을 보는 시각 등이 유사해서 자주 얘기를 나누었다. 그러다보니 속 깊은 얘기도 나누는 사이가 되었다. 그런데 이해되지 않은 부분이 하나 있었는데 매우 이성적인 그녀가 꿈 얘기를 자주 하고 그 꿈이 예언하는 것을 믿고 때로는 행동에 옮긴다는 점이었다.

그녀는 거의 매일 꿈을 꾸고 아침에 눈 뜨면 그 꿈을 기억하고 해몽 책을 찾아보는 버릇이 있다고 했다. 그녀가 일하는 책상 한구석 잘 보이지 않는 책꽂이에 해몽 책이 여러 권 꽂혀 있는 것을 보고 처음에 의아해 했었는데 그것이 꿈에 대한 집착이라고 할 만큼 유별난 그녀의 버릇 때문인 것을 알게 되었다. 한 해몽 책을 펴서 간밤에 꾼 꿈과 유사한 내용을 찾아보다가 발견되지 않으면 다른 책을 찾아서 보곤 한다는 것이었다. 해석이 맞을 때가 있고 틀리기도 한다고 했다. 때로는 꿈에서 본 사람을 다음날 우연히 만나거나 그 사람한테 전화가 오기도 하고 꿈에서 본 풍경이나 사건을 실제로 보거나 TV에서 보기도 한다고 진지하게 말할 때는 '어떻게 그럴 수가 있나' 하며 속으로 반신반의했다. 그녀가 대학 입학시험을 보고 합격자 발표를 기다리는 중 신비한 푸른색 용이 그녀의 집 마당 장독대에서 상체를 길게 빼고 있는 꿈을 꾼 적이 있었다고 했다. 그녀와 똑같이 꿈을 맹신하는 어머니에게 그 꿈 얘기를 했더니 "네가 대학에 합격하려나 보다."고 했다.

며칠 후, 라디오 방송국에 합격 여부를 문의한 결과 그녀가 실제로 합격했다는 얘기는 오래된 전설처럼 내 기억에 남아 있다. 그녀는 그 이후 자신이 매일 꾸는 꿈을 애써 기억해냈다. 그리고 해몽을 찾아서 보고 좋으면 공연히 기분이 들떠서 은근히 좋은 일을 기대하고 불길하면 간단한 흉몽 퇴치 의식을 치른 후 매사를 조심하는 날들을 보내곤 하는 것 같았다. 이러한 비합리적인 행동을 하는 것이 옳은가 하는 회의도 가끔은 하는 것 같았지만 매일 꿈을 꾸고 그 해석에 근거해 하루나 가까운 미래를 예측하는 버릇은 여전하고 때로는 즐기는 듯했다.

남편과 아들과 사는 그녀의 가정생활은 내가 보기에는 행복해 보였다. 남편은 밖에서 일을 하는 그녀를 위해 헌신적으로 집안일을 도와주었고 하나 있는 아들을 키우는 일도 거의 도맡다시피 했다고 들었다. 아들이 어릴 적 낯선 곳에 가게 되었을 때 남편이 자리를 비우게 되면 그녀가 아들 곁에 있어도 불안해하며 울곤 한다는 것이다. 이 얘기를 듣고 나는 그녀 남편이 가사와 육아를 적극적으로 도와주고 있다고 생각했다. 성격도 자상하여 그녀의 모든 얘기를 잘 들어주었다. 심지어 속옷까지도 사다 준 적이 있어 무심한 남편을 둔 나는 그녀가 부럽기만 했다. 주변 사람들은 지구가 멸망해도 무너지지 않는 것 중의 하나가 그녀 가정이라고 말하기도 했다. 그녀는 남편의 사랑을 조금도 의심한 적이 없는 것 같았다.

그러던 어느 날, 그녀는 한밤중에 나를 찾아왔다. 심한 충격을 받은 듯 얼굴은 창백했고 몹시 불안정해 보였다. 집에 나밖에 없는 것을 확인한 후 다짜고짜 소파에 털썩 주저앉더니 울먹이며 말했다.

—남편에게 여자가 생겼어요! 여러 경로를 통해 알아보았는데 첫사랑을 다시 만나게 되어 묻혀있던 옛 감정이 되살아나 헤어날 수 없나 봐요. 하늘이 무너지는 것 같지만 아들 생각해서라도 가정은 지켜야 되잖아요! 그래서 그 여자와 헤어지라고 말했더니 남편은 "너한테는 항상 고맙고 미안한데 그 여자가 없으면 나는 생의 의미가 없어."라며 단호하게 말하더라고요. 그러면서 "너도 사랑하는 사람이 있으면 언제든지 떠나도 좋아."라고 하네요. 이게 말이나 되나요. 어떻게 저한테 그럴 수가 있을까요?

그녀는 분노와 절망으로 북받치는 감정을 애써 누르며 애절하게 얘기했다. 그 후 그녀는 남편에게 애원도 해보고, 협박도 해보고 뒤를 밟아 데이트 장면을 덮치기도 하고, 남편 애인을 만나 사정해 보기도 했지만 남편은 점점 더 첫사랑에게서 헤어나지 못한다고 했다. 그녀는 일 년이 넘게 이러한 일이 지속되자 점점 남편에 대한 불신으로 피폐해지고 삭막해져 갔다. 더 이상 남편을 위해 노력하지 않는 것 같았고 그녀 가정의 신성한 봉인은 이미 찢겨 버리게 된 것 같았다. 사랑도 믿음도 없이 메마른 우물처럼 추운 날들의 차디찬 바위덩이처럼 그녀의 삭막함은 골이 깊어만 가는 것 같았다. 날마다 더 깊어지는 배신감이 그녀의 가슴속에서 넘칠 듯 소용돌이치는 것 같더니 결국 이혼했다. 이혼 후 남편의 외도에 대한 상처로 자신을 진심으로 사랑하는 사람을 만나 늦게라도 다시 한번 사랑을 꽃 피우고 싶은 그녀의 소망을 나한테 여러 차례 말하곤 했다. 나는 그녀의 이러한 상처와 소망을 잘 알기에 다소 황당해 보이는 꿈과 해몽 얘기를 듣고 응원해주는 말을 할 수밖에 없었다.

그녀는 퇴임이 가까워오자 새로운 상황에 대한 불안과 평생을 따라다니던 의무감에서 벗어난다는 자유로움이 뒤섞여 다소 혼란스러워 하는 것 같았다. 퇴임 후 평소 취미로 하던 독서, 등산, 여행 등을 하면서 시간을 보내야겠다고 했는데 그녀가 어느 날 갑자기 소설을 써 보겠다고 하여 나는 다소 놀랐다.

—제가 드라마를 다소 광적으로 좋아하고 타인의 인생에 관심이 많잖아요. 등장인물을 창조해 내고 그들의 운명을 좌지우지하는 작가의 막강한 권력 행사가 무엇보다도 흥미로워요. 그래서 그동안 회사 일에 바빠 눈길조차 주지 않았던 소설책을 찾아 줄도 치고 메모도 하면서 읽고 있어요.

그녀가 의지에 차서 말하는 모습을 보고 곧 소설이 나올 것 같다는 예감이 들었다.

퇴임 후, 나는 이일 저일 기웃거리면서 바쁜 날들을 보내고 있었는데 그녀에게서 전화가 왔다. 대만여행을 가서 예전에 같이 근무했던 회사 동료를 우연히 만났는데 그것이 그녀가 최근 꾼 꿈과 관련이 있을 것 같다는 격앙된 목소리가 전화기를 타고 들려왔다. 그 우연의 만남이 아무래도 운명적인 만남인 것 같다고 하며 그것을 소재로 소설을 썼는데 나에게 첫 독자가 되어 달라고 부탁했다. 나는 그녀의 말이 다소 근거 없다고 생각했지만 꿈 얘기도 들었었고 어떤 상황이었으며 어떻게 소설화되었는지 궁금해 소설을 보내

달라고 했다. 전화를 끊고 얼마 되지 않아 그녀로부터 메일이 와서 그녀의 소설을 읽는 첫 독자가 되었다. 그녀의 소설은 나에게 들려 주었던 꿈 얘기로 시작해서 P 사장과의 만남 그리고 이후 사연들로 엮어져 있었다. 그녀의 꿈 얘기는 이미 들었기 때문에 P 사장과의 만남 이후부터 소설을 읽기 시작했다.

*

최근에 K 제약회사 사장으로 새로운 사람이 임명되었다는 소식을 뉴스 화면 아래 배너에서 보았다. 아들의 취업과 관련해서 평소 관심이 있었던 K제약회사라서 새 사장이 누가 되었나 눈여겨보았다. 그 사장은 내가 첫 부임한 회사에 근무했던 M제약회사의 P였다. 나는 M제약회사에서 8년을 근무했었는데 지방지사에서 4년 반 동안 근무했으므로 실제 P와 같이 근무한 기간은 3년 반 정도였다. 내가 M제약회사에 있을 때 다른 부서 사람들과 거의 만나지 않아 내가 속한 부서 사람들 정도나 겨우 기억하고 있었다. 그런 내가 뉴스 화면 배너에서 K제약회사의 신임 사장으로 임명된 P의 이름을 보자마자 그를 아직까지 기억하고 있는 것이 불가사의했다. 내가 M제약회사에 있을 때 P와 가까이 지낸 것도 아니고 얘기를 나누어 본 적도 없고 단지 복도에서 우연히 마주치면 간단히 목례 정도만 했기 때문이다.

일 년에 서너 번 만나 수다 떨고 영화도 보고 여행도 다니는 동창들이 몇 명 있다. 나와 마음을 많이 터놓고 나누던 친구가 이번에는 모두 함께 대만 여행을 다녀오자고 했다. 내가 인터넷을 통하여 대만 여행 상품을 알아보고 친구들 단체 카톡방에 일정을 올리니 어떤 친구는 건강에 자신이 없고 어떤 친구는 미국 사는 딸집에 가야 될 것 같아 가지 못한다고 해서 그 친구하고 단둘이만 여행 가기로 했다.

나는 그 친구와 함께 금요일 오전에 대만 행 비행기에 탑승했다. 관광시즌이라 그런지 승객이 굉장히 많아 수속하는데 시간이 많이 걸렸고 비행기에 타 보니 빈자리도 없었다. 탑승 후 2시간 30분이 지나자 타이베이 공항에 도착했다. 입국 수속도 사람들이 너무 많아 매우 복잡했다. 입국 수속을 기다리는 사람들의 긴 줄이 십여 개 넘게 지그재그로 겹쳐져 있었다. 오랫동안 기다리다 지쳐 문득 뒤를 보니 어디서 본 듯한 남자가 얼마 떨어지지 않은 곳에 서 있었다. 그 얼굴이 얼마 전 TV 뉴스 배너에서 K제약회사 사장으로 임명되었다고 했던 P같았다. 아들 취직 일도 있고 해서 나는 용기를 내어 뒤돌아 P에게 다가갔다.

—혹시 P 사장님 아니세요?

—맞는데요?

그 많은 사람들 중 더욱이 타이베이 공항에서 나이 지긋한 여자가 자신을 이름을 말하는 것이 신기하다는 듯한 표정으로 대답했다.

—저는 예전에 M제약회사에서 근무하다가 00년도에 S제약회사로 옮겼는데 얼마 전에 퇴임했어요.

―아~ 그래서 회사에서 안 보이셨군요.

―K제약회사 사장님 되신 것 뉴스에서 봤는데 축하드립니다.

―저도 퇴임하고 집에서 지내고 있는데 어떻게 하다가 그렇게 되었습니다.

―새로 취임 준비하시려면 많이 바쁘실 텐데 어떻게 대만까지 오셨어요?

―다음 주에 취임하게 되면 여유가 없을 것 같아 타이베이에 사는 대만 친구도 만나고 구경도 할 겸 왔습니다.

그때 입국심사 관리가 내 차례라고 부르는 바람에 "좋은 시간 보내세요."라는 인사를 남기고 심사대로 갔다. 내가 심사를 마치고 나와 안쪽에서 심사를 기다리고 있는 P 사장을 바라보니 그냥 가라고 손짓을 해 나는 밖으로 나왔다. 입국 심사를 마치고 짐을 찾아 나오니 '00관광 1팀'이라는 피켓을 든 가이드가 기다리고 있었다. 같은 팀에 속한 일행 13명이 모두 모이게 되니 가이드가 작은 버스로 안내했고 일행은 타이베이 시내 관광을 시작했다. 제일 먼저 들른 곳은 충렬사였는데 내전과 항일운동 시 전사한 군인과 열사들의 영령을 모신 곳이었다. 매 시간마다 거행되는 위병 교대식을 구경한 후 버스를 타고 국립고궁박물관으로 갔다.

국립 고궁 박물관에는 5천여 년 간의 중국 역사를 보여주는 중국 황실 컬렉션 중 62만여 점의 보물과 미술품들이 보관되어 있는 곳이다. 나는 일행과 입구에서 이어폰을 배급받은 후 가이드의 설명을 들으며 박물관에 전시된 보물들을 감상했다. 시즌이라 그런지 관광객이 박물관에 꽉 차있어서 사람들의 어깨를 부딪쳐 가면서 걸어 다녀야 했다. 일행을 놓치지 않으려고 애쓰며 옥으로 만든 배추를 비롯한 다양한 조각품 아름다운 도자기 등을 구경했다. 박물관을 다 구경한 후 1층 로비로 내려오니 가이드가 화장실 다녀올 사람 다녀오고 안 갈 사람은 박물관을 나가 주변에서 사진도 찍고 산책도 하라고 했다. 나는 친구와 함께 지하로 내려가 화장실을 다녀온 후 1층으로 다시 올라와 일행을 찾았으나 모두 밖으로 나갔는지 보이지 않았다. 그래서 나가려고 문 쪽으로 가는데 뜻밖에도 P 사장이 서 있는 것이 아닌가. 나는 반가워 P 사장한테 다가갔다.

—여기서 또 만나네요?

—네, 구경 잘 하셨어요?

—사람이 너무 많아 제대로 못 봐 아쉽네요.

—저는 방금 전에 도착해 관람하려고 해요. 보신 것 중에 뭐가 가장 기억에 남으셨어요?

—옥으로 만든 배추가 정말 정교하고 사실적이었어요. 실제 배추보다 더 배추 같았어요.

—이 박물관에서 유명한 보물이에요.

P 사장과 이 얘기 저 얘기 나누다가 지갑에서 퇴임 후 내가 직접 다자인한 명함을 꺼내어 건넸다. P 사장은 명함을 받더니, "저는 다음 주에 정식 취임하게 되어 명함이 아직 없습니다."하면서 손을 내밀어 나에게 악수를 청했다. P 사장이 내민 손을 잡으니 남자 손 같지 않게 부드럽고 따뜻했다. 악수한 손의 감촉과 환하게 웃는 P 사장의 다정한 눈빛을 본 순간 감전된 듯 온몸이 짜릿했다.

나는 그 짜릿함에 당황하여 악수하고 있는 손을 황급히 빼며 인사를 했다.

—그럼 구경 잘 하고 오세요. 저는 일행들이 기다리고 있어서 가 보겠습니다.

그리고 주위를 돌아보니 친구는 벌써 밖에 나가 멀리 일행이 모여 있는 곳으로 걸어가고 있었다. 나는 방금 전 느꼈던 감정에 당황하고 일행을 놓치지 않으려는 급한 마음까지 겹쳐 문턱을 미처 못보고 기어이 걸려 넘어지고 말았다. 하필이면 P 사장 앞에서 넘어져 창피한 생각이 들어 얼른 일어나려고 했는데 넘어지면서 발목이 삐끗했는지 일어나기 어려웠다. 이를 본 P 사장이 얼른 달려왔다.

—괜찮으세요? 큰일 나실 뻔했네요. 제 손을 잡고 일어나 보세요.

하면서 손을 내밀었다. 그 손을 잡고 간신히 일어섰는데 혼자 걸음 떼기가 힘들었다.

—제가 저기 일행 있는 곳까지 부축해 드릴게요.

P 사장은 자신의 일행에게 잠시 기다리라고 하며 나를 부축해 문 앞에 있는 몇 개의 돌계단을 내려가 박물관 정문으로 향하는 길로 접어들었다. 그 길 양옆으로 넓은 잎의 나무들이 빼곡했고 화강암 같은 돌이 길에 깔려 있었다. 그 길을 P 사장의 부축을 받으며 걸어가니 방금 전의 창피했던 생각이 씻은 듯이 없어지며 로맨틱한 달콤함만이 온몸을 휘감았다. 일행 가까이 가니 친구가 놀라 뛰어와 부축해 주었다.

—너무 감사해요. 이 원수를 어떻게 갚지요?

─제가 가까이에 있어서 다행이었어요. 그나저나 앞으로 남은 일정 다니시는데 지장이 없으셔야 하는데 걱정이네요. 오늘 호텔 들어가셔서 삔 발목 잘 관리하세요. 가이드한테 얘기해 병원에라도 다녀오세요.

그렇게 말하며 P 사장은 일행이 기다리는 쪽으로 걸어갔다. 공항에서 P 사장을 만났을 때 명함을 주지 못해 아쉬웠는데 다시 만나 명함도 주고 손도 잡고 부축까지 받고 나니 무언가 연결할 수 있는 고리가 만들어진 것 같아 기분이 고양 되었다. 이렇게 복잡한 곳에서 어떻게 또 P 사장을 또 다시 만났을까 생각하니 신기하기만 했다.

호텔로 돌아와 저녁을 먹은 후 가이드와 함께 근처 병원에 가 삔 발목을 치료하고 소염제와 바르는 약을 받아왔다. 삔 발목의 통증이 사라지지 않아 둘째 날 관광에 따라나서지 못했는데 셋째 날에도 걷는 구간이 많은 화려 관광이라 무리가 될 것 같아 어쩔 수 없이 호텔에 남게 되었다. 3박 4일 여행 중 2일씩이나 발목 부상 때문에 친구를 붙들어 놓는다는 것이 미안해 호텔에 같이 있어 주겠다는 친구 등을 떠밀어 관광 하러가게 했다. 홀로 남아 오전에 택시 타고 병원 가서 치료 받고 나니 발목이 좀 나아졌다. 친구도 없는 호텔로 돌아오니 심심하고 답답했다. 로비를 서성이고 있다가 점심을 먹기 위해 1층에 있는 딤섬 전문 레스토랑으로 들어갔다. 좀 이른 시간이라 그런지 레스토랑에는 몇 테이블에만 손님들이 있고 한산했다. 창가 테이블로 안내를 받고 앉아 새우와 야채가 섞인 딤섬을 주문하고 기다리고 있었다. 그런데 "여기는 어쩐 일이세요?" 하는 남자 목소리가 나서 뒤 돌아보니 P 사장이 좀 젊은 남자와 같이 서있었다. 예상치 못한 P 사장과의 만남에 놀란 나는 엉거주춤 일어났다.

—아~ 또 뵙게 되네요. 발목이 아파 이틀씩이나 호텔에서 방콕하다 보니 지루해 점심이나 먹으려고 내려왔어요.

—저런, 발목을 다쳐 이틀이나 관광도 못하시고 불편이 많으시네요? 빨리 좋아지셔야 될 텐데.

—걱정해 주셔서 고맙습니다. 좀 전에 치료를 받고 왔더니 다행스럽게도 지금은 한결 나아졌어요. 근데 사장님이야 말로 웬일이세요?

—전에 근무했던 회사에서 일하면서 알게 된 대만 친구가 점심이나 같이 먹자고 찾아왔네요. 이 호텔 레스토랑 딤섬이 맛있고 유명하다면서 여기서 식사를 하자고 하네요. 혹시 이 호텔에 머무시나요?

—네, 5층에 머물고 있는데 사장님 숙소도 이 호텔이세요?

—아니예요. 다른 호텔에 묵고 있어요.

그러면서 대만친구한테 유창한 영어로 같은 회사에서 근무 했었다고 나를 소개했다. P 사장은 자신들과 합석하자고 했지만 초면인 사람과 함께 식사하며 영어로 대화하는 것이 불편해 사양했다. 이틀 전에 P 사장과 헤어진 후부터 계속 그를 생각하고 있었는데 세 번째 만나게 되니 '우연이 세 번 겹치면 필연이라던데'라는 생각이 스쳤다. 그러면서 이틀 전 전율이 살아나 얼굴이 화끈거리며 가슴이 두근거렸다. 애써 마음을 진정하며 딤섬을 먹고 있는데 P 사장이 테이블로 왔다.

—식사 후 뭐 하실 거예요? 대만친구가 근처에 있는 '타이베이 101빌딩'을 구경시켜 주겠다고 하는데 혹시 시간되면 같이 가실래요. 여기서 택시 타면 10분도 안 걸린다고 해요. 빌딩 안에서도 걷는 데가 많지 않다고 하니 발목이 좀 불편해도 괜찮을 것 같아서요. 어제도 관광 못하셨는데 오늘까지 혼자 계시면 무료하시잖아요.

—저야 좋지요. 어제 관광 일정에 들어 있었는데 못 가게 되어 한번 가보고 싶었었거든요. 그런데 오랜만에 만난 두 분이 회포 푸시는데 방해 되지 않으시겠어요?

그 말에 P 사장은 빙그레 웃더니 "괘념치 않으셔도 되요. 그럼 같이 가시는 것으로 알겠어요."라고 했다. 내가 호텔에 혼자 남아 우두커니 보내고 있을 것을 안타깝게 생각하고 이런 제안을 하는 사려 깊은 마음 씀이 고마웠다. 그것보다도 P 사장과 같이 시간을 보낼 수 있다는 것이 너무 좋아 사양하는 제스처 조차 하지 않고 얼른 간다고 해버렸다.

식사 마치고 택시를 탔더니 10분도 안되어 '타이베이 101빌딩' 앞에 도착했다. 번화가에 있는 빌딩 앞에는 'LOVE' 글자 모양을 딴 조형물이 있었는데 P 사장이 나한테 포즈를 취해 보라고 하더니 사진을 찍어 주었다. 나는 P 사장과 함께 사진 찍고 싶었지만 말 할 용기가 나지 않아 머뭇거리는 사이 표를 구입한 대만친구가 들어오라고 손짓해 건물 안으로 들어갔다. 전망대에 오르는 엘리베이터를 타기 위해 줄을 서고 기다리는 동안 대만친구가 타이베이 국제금융센터인 이 빌딩은 타이베이에서 최고 높은 건물이라고 했다. 차례가 되어 엘리베이터를 타니 5층 매표소부터 89층 실내 전망대까지 40초도 안 걸려 도착했다.* 이 엘리베이터는 기네스북에도 선정된 '세계에서 가장 빠른 엘리베이터'라고 했다. 전망대에 올라가니 동서남북 방향으로 타이베이 시내가 한눈에 들어왔다. 오늘은 운이 좋아 황사도 없고 날씨가 좋아 멀리까지 잘 보이는 것이라고 대만친구가 말했다. 맑을 때는 황사 때문에 비가 올 때는 십중팔구 구름 때문에 안 보이는 경우가 많다는 것이다. 나는 음료 파는 데를 발견하고 맛이 좋다고 소문난 망고 맥주를 사서 P 사장과 대만친구에게 대접했다. 망고 맥주를 마시고 나니 대만친구가 101 빌딩의 중심을 잡아주는 거대한 댐퍼**는 꼭 보고 가야 된다고 하며 일어났다. 이 댐퍼가 지진이 많은 대만에서 101층짜리 건물을 지을 수 있었던 비결이라 했다. 댐퍼는 88층에 있는데 계단을 통해 내려가게 되어 있었다. 아픈 발목으로 어려울 것 같아 망설이고 있는데 P 사장이 자신의 팔을 잡고 내려가자고 했다. P 사장의 팔에 의지하여 한 계단 한 계단 발걸음을 옮기니 마치 구름 위를 걷는 것 같았다. 발목 통증도 오간데 없이 사라지며 발목 삔 것이 오히려 행운이라고 느껴질 정도였다. 이러한 계단이 길게길게 영원히 이어졌으면 좋겠다는 간절함 마저 가슴에 파고들었다. 88층으로 내려오니 두께 12.5㎝짜리 강철 원반 41장을 붙여 만든 거대한 쇠공이 눈에 들어왔다. 이 댐퍼가 강풍이나 지진 등으로 101빌딩에서 발

---

* 지상 101층, 지하 5층, 총 508m
** 정식 명칭: Tuned Mass Damper

생하는 진동을 흡수해 자신이 대신 진동함으로서 빌딩의 진동을 상쇄하는 장치라는 것이다. 건물에 설치된 댐퍼 중 세계에서 가장 크다고 했다.*

　―정말 대단하네요. 사장님 아니었으면 101빌딩 전망대에서 타이베이 시내를 한눈에 볼 수도 없었고 고층 건축물을 지진으로부터 지켜주는 이런 댐퍼가 있는 줄도 몰랐을 거예요.

　나는 댐퍼의 위용과 고층건축물의 내진설계 기술에 감탄하며 말했다.

　―대단한 기술이 놀랍네요. 같이 온 친구가 그러는데 2018년 진도 7급의 강진이었음에도 이 댐퍼 덕분에 멀쩡할 수 있었다고 해요. 좋아하시니 모시고 온 보람이 있네요. 인생에도 이런 댐퍼가 있다면 어떤 흔들림에도 쓰러지지 않을 텐데요.

　댐퍼를 인생과 비교하는 P 사장의 비유가 마음에 와 닿았다. 그러면서 따뜻하고 자상하면서도 깊이 있는 P 사장 같은 남자가 이 댐퍼처럼 내 곁을 지켜준다면 남은 생에 어떤 광풍이 몰아쳐도 끄떡없을 것 같다는 생각이 들었다.

　101빌딩 구경 후, P 사장과 대만친구는 나를 택시로 호텔까지 데려다 주었다.

　―덕분에 좋은 구경했어요. 두 분께 정말 감사드려요.

　호텔방에서 혼자 무료하게 보낼 뻔 했던 나를 구제해 준 P 사장과 대만친구가 너무 고마워 먼저 깍듯하게 인사했다. 그리고 P 사

---

* 지름: 5.5m, 무게: 660t

장한테 말했다.

—박물관에서도 부축해주시고 오늘도 101빌딩 관람하게 해주시고 신세를 너무 많이 졌네요. 내일 한국으로 돌아가는데 혹시 오늘 저녁 시간 되시면 제가 밥이나 술을 사고 싶은데……

—대만친구와 같이 가야하는 모임이 있는데 거기서 저녁식사를 할 같습니다. 어쨌든 감사합니다. 발목 빨리 완쾌하시고 내일 조심해서 귀국하세요. 제가 귀국하면 연락 한번 드릴께요.

꼭 연락 주어야 된다고 하며 새끼손가락을 흔들며 호텔로 돌아왔다. 비록 단둘이 오붓하게 다닌 것은 아니었지만 P 사장과 함께한 몇 시간이 너무 즐거워 꿈을 꾸는 것 같았다. 틀림없이 인생에서 가장 달콤하고 행복했던 시간 중의 하나였을 것이라는 생각을 지울 수가 없었다.

P 사장을 우연히 세 번씩이나 만나게 된 나는 대만 여행가기 전날 밤 꿈이 생각났다. 웅장한 규모의 절로 들어가는 길 입구의 양쪽에 초록 잎이 무성한 나무가 빼곡하게 들어서 있었는데 그 사이로 아름다운 흰 매화와 붉은 매화가 선명하게 곱게 피어 있었다. 버릇대로 해몽을 찾아보니 '친구나 애인 등과 함께 자연의 공간에서 멋과 낭만을 즐기며 데이트하게 될 징조이다'라고 되어 있었다. 그 해석을 보고 대만 여행 중에 무슨 로맨틱한 일이 있을 것 같은 예감으로 가슴이 부풀었던 기억이 났다. 박물관에서 P 사장을 만나 부축을 받고 내려온 길을 생각하니 대만 오기 전날 밤 꿈속의 풍경과 비슷하다고 생각되었다. 더욱이 한 달 전부터 지속적으로 '좋은 인연을 만나 사랑을 하게 된다'라는 꿈을 꾸었기 때문에 P 사장과 만

나려고 이런 꿈을 꾼 것이 아닌가 하는 생각으로 가슴이 설레었다. P 사장과 나 사이의 어떤 연관성이 이런 우연을 만드는 것일까? 거의 마주칠 확률이 없는 수많은 군중 속에서 P 사장을 두 번씩이나 만났고 더욱이 오늘은 세 번째 만나 101빌딩을 함께 관광하게 된 것이 너무 신기했다. 그곳에서 솟은 산이나 물길 트인 대로 흐르는 개울물처럼 운명적으로 느껴졌다. 지금까지 살아오면서 내가 꾼 꿈과 그 해석을 믿어온 습관 때문에 이러한 감정은 더욱더 나를 지배하는 것 같았다. 모든 것이 우연이 겹쳐 생긴 일이었지만 그 때문에 더더욱 하늘이 나에게 '너는 운명의 남자를 만난 거란다'라는 계시를 내려준 것처럼 느껴졌다. 하늘의 계시를 받았다는 고양감이 나를 더욱 들뜨게 했다.

대만을 다녀온 나는 P 사장에 대한 생각으로 꽉 차 있었다. 어떻게 P 사장에 대해 알아 볼 수 있을까? 독신일까? 성품은 어떨까? 어떤 스타일의 여성을 좋아할까? 휴대폰 번호를 어떻게 알 수 있을까? K제약회사에 다니는 아는 후배한테 알아볼까? 등으로 머릿속이 복잡했다. 그렇게 혼자만의 생각으로 빠져들면서 내 속으로 P 사장이 점점 쏙 들어와 버렸다. 수시로 휴대폰을 들여다보다가 낯선 번호가 찍히면 혹시 내가 준 명함을 보고 P 사장이 전화한 것이 아닌가 생각하고 그 번호로 리턴 콜을 하고 싶어졌다. 그러나 막상 그가 받으면 어떻게 하나하고 은근히 겁이 나서 슬그머니 휴대폰을 내려놓았다. 그러다가 못 참고 휴대폰에 남아 있는 낯선 번호로 '누구신지요?' 하는 문자를 보냈더니 '정수기 필터 청소 때문에 전화

했습니다'라는 답을 받기도 했다. 잠자기 전에도 그에 대한 궁금증을 알아보는 방법에 골몰하느라 새벽녘이 다 되어 겨우 잠이 들기도 했다. 그 잠을 아침까지 잇지 못하고 동이 트기도 전에 눈이 떠졌을 때 천장에 환하게 웃는 얼굴이 하나 있었다. 바로 그의 얼굴이었다. 마치 내가 잠 깨기를 기다리고 있었다는 듯. TV를 볼 때도 함께 TV를 보고, 산책을 할 때도 함께 산책을 하고, 내가 노트북을 두드리며 소설 작업을 할 때 오타가 나면 '그게 아니야' 속삭이며 글자를 수정해 주었다. 나는 자판을 두드리던 손을 멈추고 그만 망연자실 하여 허공을 쳐다보고 말았다. 이게 무슨 짓이야. 내내 아무렇지도 않다가 근거 없는 꿈 해석 따뜻한 손의 감촉 환한 미소와 친절함에 팔려 이토록 마음을 내주다니. 아, 나란 여자는 웬 틈이 이렇게 많단 말인가? 무슨 망신을 당하려고 이러는 것인가? 그러나 나는 P 사장으로부터 헤어 나올 수가 없었다. 나는 P 사장의 임명소식을 TV 뉴스 배너에서 보고 이 메일을 보내고 싶은 마음과 사투를 벌이듯이 지냈다. P 사장에게 어떤 내용으로 이 메일을 보내며 보내서 어쩌자는 것인가? 설사 P 사장이 아내 없이 독신이라고 해도 둘이 마주 앉으면 무슨 말을 할 수 있을 것인가? 나는 걷잡을 수 없이 혼란스럽고 마음이 진정되지 않았다. 내가 지금 끌려다니는 것이 무엇인가? 나의 꿈인가? 사랑에 대한 동경인가? 오랜 외로움으로 인한 나약함인가? 퇴임으로 인한 허전함인가? 아니면 P 사장을 좋아하게라도 되었다는 말인가? P 사장에게로의 이끌림이 일주일 전부터가 아니라 운명처럼 전생에서부터 이어져 내려 온 것이 아닌가 하는 착각 속으로 나는 점점 빠져 들어가면서 내 몸을 훑고 지나갔던 대만에서의 전율이 되살아났다.

여동생이 자신이 속한 앙상블에서 10주년 기념 연주회를 한다고
초청했다. 이 앙상블에서 여동생은 클래식 기타를 치고 올케는 플
루트를 연주하고 있었다. 회사에 재직 중일 때는 여러 가지 일정이
많아 연주회에 거의 참석하지 못했는데 퇴임 후에는 시간적 여유가
많아 이런 초대가 오히려 고마웠다. 오랜만에 동생들과 올케를 만
날 수 있고 감미로운 음악으로 귀를 즐겁게 할 수 있기 때문이다.
백화점 문화홀에 갔더니 이미 사람들로 꽉 차 있었다. 단원들의 가
족과 친지 친구들이 연주를 축하해 주고 감상하기 위해 자리를 함
께 해 주고 있는 것 같았다. 홀의 문을 열고 조용히 들어가 둘러보
니 남동생과 조카가 감상하기 좋은 앞쪽 중앙에 자리 잡고 있어 그
리로 가서 앉았다.

연주회가 시작되니 지휘자 겸 사회자가 나와 간단히 인사 하고
지휘를 하니 단원들이 〈미셸〉, 〈이매진〉, 〈헤이 주드〉 같은 곡을
연주하기 시작했다. 베이스기타, 기타, 만도린, 크로마하프, 첼
로, 플루트, 아코디언 등 여러 악기들이 어우러져 때로는 감미롭고
때로는 활기차고 신나는 소리를 만들어 냈다. 나는 악기를 연주하
는 사람 중에 여동생과 올케를 찾아본 후에 다양한 악기를 연주하
는 다른 단원들의 모습도 살펴보았다. 모두 여성 단원이었는데 여
러 단원들 중에서 눈에 띄는 단원이 있었다. 나이가 좀 많아 보이
기는 했지만 숱이 많은 머리를 뒤로 단정하게 묶고 아직도 곱고 단
아한 모습으로 제일 앞 가장자리에서 앉아 첼로 파트를 혼자 연주

하는 단원이었다. 나이가 들었음에도 불구하고 젊은이들과 함께 연주 활동을 하는 모습이 부러웠다. 지휘자 겸 사회자가 관객들에게 아는 멜로디가 나오면 같이 반주에 맞추어 따라 부르라고 하니 많은 사람들이 이에 호응해 노래했고 나도 박자에 맞추어 박수치면서 흥겨운 시간을 보냈다. 몇 곡의 연주가 끝나자 지휘자 겸 사회자가 단원들을 하나씩 소개했다. 단원을 소개할 때마다 가족과 친지들은 환호하는 소리를 질렀다. 플루트를 부는 올케를 소개할 때는 여동생도 소개하면서 시누이와 올케 사이라고 해 나는 손뼉을 힘껏 치면서 와 하고 소리쳤다.

—다음은 첼로를 연주하는 ○○○씨입니다.

지휘자가 말하자 나는 처음부터 눈여겨보았던 연주자였기 때문에 지휘자의 소개에 집중했다.

—그런데 이분의 남편도 저의 앙상블 준회원이십니다. 저의 단원을 위해 여러 가지로 도와주고 계십니다. 어디 계신지 일어나 보세요.

객석 앞쪽 오른쪽 가장자리에 앉아 있던 남자가 일어났다. 첼로 연주자의 남편이 어떤 사람일까 궁금해 일어난 남자를 바라보았다. 단정하게 정장을 하고 한손에 꽃다발을 들고 일어난 그 남자를 본 나는 눈을 의심했다. 그 남자는 바로 P 사장이었다. 사장으로 취임한 지 얼마 되지 않아 많이 바쁠 텐데도 아내의 연주회에 꽃다발까지 준비해서 온 것이다. 더구나 아내가 속한 앙상블의 준회원이라고 할 정도이니 평소에 아내가 하는 일을 많이 챙겨주는 것이 분명했다. 얼마 전 여동생이 호주 연주 여행을 다녀와 여행 중에 있었던 얘기를 한 적이 있었는데 그 얘기 중의 하나가 머리에 떠올랐다. "단원 중에서 첼로 연주하는 사람은 한 사람밖에 없는데 나이가 제일 많거든. 그런데 이번 여행갈 때 우리가 모두 그 첼로 연주하는 언니를 부러워했어. 글쎄, 그 언니 남편은 새벽같이 공항까지 차를 태워다 주고 귀국했을 때 밤이 늦었는데도 차를 가지고 와서 기다리고 있더라고. 그 언니 남편 무척 애처가라더라. 나이가 많은데도 어떻게 그렇게 금슬이 좋을까? 나도 나이가 들어 첼로 언니 부부같이 사이좋게 살고 싶어." 그때 여동생의 부러움을 샀던 첼로 언니의 남편이 바로 P 사장 이었던 것이다. 연주회에 푹 빠져 있던 나는 전혀 예상하지 못한 상황에 순간 머리가 아찔해지면서 얼굴이 화끈거리는 것을 느꼈다.

나는 더 이상 연주회에 앉아 있기 어려워 남동생한테 몸이 안 좋아 먼저 간다고 말하고 서둘러 홀을 나와 백화점 앞에서 택시를 탔다. 온몸에 기운이 빠져 지하철을 이리 저리 갈아타고 갈 수가 없었기 때문이다. 집으로 돌아와 옷도 갈아입지 않고 멍하니 소파에 앉아 있는데 얼굴에 눈물이 주르르 흘러내렸다. 꿈이라는 근거 없는 허망한 희망에 매달려 착각과 망상 속에서 헤맸던 나의 나약함에 대한 연민이 밀려왔다. 그날 이후 나는 온 몸에 기운이 없고 입맛이 하나도 없어 음식을 거의 먹지 못한 채 일 주일을 꼬박 자리에 누워 있었다. 한참이 지나 몸이 회복될 즈음에야 거센 폭풍 후의 고요함처럼 서서히 평정심을 찾기 시작했다.
　―꿈보다 해석이 좋았어. 공연히 들떠서……. 그동안 무슨 생각

을 하며 헤맸는지?

라고 혼잣말로 중얼거렸다.



*



여기까지 읽은 나는 소설 형식을 빌었다곤 하나 그녀 나이에 어떻게 이런 감정을 가질 수 있을까 불가사의했다. 더구나 상대는 함께 근무한 적이 있다 하더라도 거의 20여 년간 전혀 소통이 없어 잘 알지도 못하는 남자가 아닌가. 평소에 이성적이고 합리적인 그녀가 로맨틱한 상상을 하며 소녀같이 들뜬 것은 그녀의 깊은 외로움에서 비롯된 것이 것일 수도 있다고 생각했다. 이혼 후 그녀의 가슴 밑바닥에 깊이 침잠해 있는 외로움이 퇴임 후 노년을 홀로 보내야 한다는 두려움과 합쳐져 더욱더 견고하게 그녀를 지배하게 된 것이 아닐까 하는 생각도 들었다. 나는 소설에 대한 평과 함께 그녀가 느끼는 깊은 고독감에 대한 위로와 응원하는 마음을 담아 이메일을 보냈다.

퇴임 후, 하나 있는 손녀를 보는 것이 내 차지가 되어 지방을 오르내리느라고 정신없이 시간이 흘러갔다. 어느 날 상경해 집에서 오랜만에 한가한 시간을 보내고 있는데 그녀가 나의 아파트에 놀러 왔다. 차를 마시면서 세상 돌아가는 얘기를 하다가 문득 그녀의 소설이 생각나 물어 보았다.

―지난번 소설 재미나게 읽었어요. 근데 소설 속에 주인공이 느

낀 감정은 논픽션이에요? 여행지에서 우연히 만난 P 사장에 대한 주인공의 감정 부분이 특히 이해가 좀 안 가네요.

—그러셨을지도 모르죠. 제가 P 사장을 좋아했다기보다는 제 꿈이 맞을지도 모른다는 엉뚱한 착각으로 집착을 했던 것 같아요. 그런데 그 즈음 신경숙 작가의 「배드민턴 치는 여자」라는 단편소설을 읽었어요. 그 소설에서 한 번 스친 남자에 대하여 온 마음을 다 빼앗긴 여주인공의 감정 표현이 P 사장 만난 후의 저에게 다가온 폭풍 같은 감정 흐름과 너무 비슷하더라고요. 그 소설을 보니 너무 반가웠어요. 그래서 그 소설 주인공의 감정 표현 부분을 빌려서 제 꿈과 연결시켜 소설화해 본 거예요.

이렇게 말을 하는 그녀를 보니 그동안의 질풍노도 같은 감정이 많이 정리된 것 같았다. 그녀는 다소 결연한 표정을 지으며 말을 이어갔다.

—근거도 없는 해몽에 집착해 한동안 착각 속을 헤맸던 제가 바보 같다는 생각이 들더라고요. 읽으시면서 황당하셨지요? P 사장은 나한테 조금의 관심도 없었을 텐데……. P 사장이 나를 알아줬으면 알고 지냈으면 좋겠다고 혼자만의 생각에 빠져 제가 보고 싶고 믿고 싶은 것만 눈에 들어왔어요. P 사장은 나한테 과거 동료 이상의 생각은 하지도 않았을 것인데……. 어떻게든지 조그만 끄트머리라도 저에게 유리한 쪽으로 생각하고 상대의 마음을 어떻게 얻어보나 발버둥 치며 빠져 들어갔던 것 같아요. 그런데 이것은 정말 큰 구속이었어요. 감정이 구속되니 영혼이 자유롭지 않더라고요.

—그러셨군요. 얘기를 들으니 상황이 조금 이해되네요.

내 말에 그녀는 다시 선언하듯 말을 이어갔다.

―앞으로 저는 어느 누구의 간섭도 의무도 지지 않고 살아가고 싶어요. 제 남은 생애 동안 제 길에 불은 제가 비출 것이고 불을 끌 때가 되면 제 스스로 그 불을 끌 거예요. 그리고 누구에게 잘 보이려 노력하며 살고 싶지 않아요. 어떻게 이 나이가 되어서까지도 제 자신의 운명을 타인의 삶과 엮어 거기에 기대 보려는 마음을 품고 있었는지 모르겠네요.

그녀의 결연한 마음이 고스란히 나에게 전달되는 것이 느껴졌다. 나는 그녀가 그녀다움을 찾아가는 길에 들어선 것 같아 안타까웠던 마음이 다소 누그러졌다. 그런데 저렇게 혼자 굳건히 남은 생을 살아가고자 결심하는 그녀에게 1년 전 아내를 사별한 사촌오빠 얘기를 꺼내는 것이 과연 온당한지 망설여졌다. 나는 그녀의 소설을 읽으면서 가슴 깊게 똬리를 틀고 있던 외로움이 꿈으로까지 나타났구나 생각하니 안쓰러워져 사촌오빠와 만나게 해주면 어떨까 생각했기 때문이다. 이 얘기 저 얘기 하다가 그녀가 가야겠다가 하며 일어서려는데 나는 어렵게 말을 꺼냈다.

―C은행 지점장으로 계시다가 몇 년 전 퇴임하신 저희 사촌오빠가 있어요. 그 오빠가 상처하셨는데 얼마 전에 친척 결혼식에서 만났어요. 제가 어떻게 지내시냐고 여쭈어 봤더니 "나이 들어 혼자 살아가시는 것이 어렵다"고 하시더라고요. 보내주신 소설을 보니 가슴속 깊은 곳에 있는 작가의 외로움이 주인공을 통해 투영된 것 같았어요. 그래서 저의 사촌오빠와 만나게 해 드리면 어떨까 생각했어요. 사람 인연이란 알 수 없는 거잖아요. 꿈 해석을 엉뚱한 사

람한테 맞추어 보고 그동안 헤매셨던 것 아니에요?

나는 그녀의 표정을 살폈다. 그녀는 남은 생을 홀로 가겠다는 좀 전 자신의 결연한 선언을 반전시키는 나의 제안에 다소 어리둥절해 하는 것 같았다. 나는 그녀가 꿈 해몽과 같이 좋은 인연을 만나 때로는 함께 때로는 그녀의 길에 불을 스스로 밝히는 노후를 보냈으면 좋겠다고 간절히 바라면서 "그러실 필요 없다."며 손사래 치며 나가려는 그녀의 팔을 잡아 억지로 소파에 다시 앉혔다.

생선가시
발라 주는 남자

# 생선가시 발라 주는 남자

　그녀는 내가 아끼는 고등학교 2년 후배다. 그녀가 어릴 적에 남편과 사별한 어머니는 건물 미화원을 하면서 자식들을 우울증과 한풀이의 대상으로 생각하는 동시에 집착에 가까운 애정을 가지고 키웠다. 그녀는 가난이 무엇인지 온몸으로 겪으면서 어머니의 자녀에 대한 이중적인 태도로 내면이 굴곡지게 성장했다. 그녀는 불우한 환경에서 오는 박탈감을 극복하기 위해 마음에 두고 있는 것은 안간힘을 다하여 이루려고 했다. 그런데 성공한 결과에 대해 스스로 만족하기보다는 타인의 인정을 더 중요하게 생각했다. 특히 소중하게 여기는 사람의 인정 여부가 자신의 존재의미에 막중한 영향을 미쳤다.

　두 언니는 대학에 진학하지 못하고 고등학교 졸업 후 취직했는데 그녀만 대학에 진학했다. 언니들이 취직해 어머니가 혼자 벌 때보다 생활이 나아진 면도 있었지만 악착같은 그녀의 성격이 대학 진학을 가능하게 했다. 서울에 있는 대학 진학을 포기하고 지방의 명문대학교에 수석으로 합격한 덕분에 4년 동안 등록금을 면제받고 과외를 하며 무사히 대학을 졸업했다. 그 후 받기 어렵다는 해외유학 장학금을 받아 미국 대학교에서 박사과정을 시작했고 이 학교에서 나하고 만났다.

　미국 유학 중 그녀는 같은 대학교 박사과정에 있는 부유한 부모를 둔 남자를 유학생 모임에서 알게 되었다. 그는 처음에 그녀에게 별 관심이 없었다. 그러나 그녀는 이 남자야말로 그동안 가난에 찌들었던 자신의 인생을 구제해 줄 수 있는 사람이라 생각했다. 그 당시 나를 찾아와 그의 마음을 얻을 수 있는 방법에 대해 의논한 적도 있었다. 그의 수업 시간표, 그가 주로 이용하는 학교 도서관의 좌석, 자주 가는 카페 등을 알아내어 우연을 가장한 만남의 기회를 만들었다. 그리고 좋은 음식 솜씨로 입맛 까다로운 그에게 향수를 불러일으키는 한국음식을 만들어 혼자 사는 아파트로 싸가지고 가기도 했다. 그녀의 끊임없는 구애와 노력으로 둘은 결혼했다. 그 당시 그녀가 임신하게 되어 결혼했다는 소문도 있었다. 결혼 후 얼마 안 되어 딸을 출산하게 되었다. 딸 양육과 공부를 병행하기 힘들었던 그녀는 자신의 박사학위는 포기하고 남편의 박사논문 마무리를 위해 온갖 뒷바라지를 마다하지 않았다. 그녀에게 미국 대학교에서 받은 박사학위란 남에게 인정받고 과시하기 위한 도구로서 꼭 필요해 이에 대한 집착이 매우 컸다. 그런 그녀가 남편을 위해 이를 포기한다고 했을 때 많이 놀랐다. 남편의 성공을 통해 대리만족하려는 마음과 그동안 쌓였던 박탈감을 남편에게 보상받고자 하는 심리가 작용했을 것이라 짐작했다. 남편은 학위를 마친 후 귀국하여 D시 연구단지 연구소에서 일하게 되었고 다행히 그녀도 근처에 있는 전문대학의 교수로 취직했다. 교수가 되었음에도 불구하고 박사학위에 대한 미련을 못 버려 공부를 다시 시작했다. 딸 키우고 공부하는 것을 전폭적으로 도와준 자상한 남편 덕분에 박사학위도 무난히 취득할 수 있었다. 남편의 헌신적인 도움으로 박사까지 된 그녀는 자신에 대한 남편의 사랑을 굳게 믿으며 지금까지 갖지 못한 것을 누리는 충족감으로 행복해하는 것 같았다.

적어도 남편이 외출하면서 두고 간 휴대폰에서 여자와 주고받은 문자를 우연히 보기 전까지는 그랬다. 남편과 여자가 주고받은 문자를 보니 연애할 때도 결혼생활 하면서도 그녀에게조차 해주지 않았던 진하고 농염하기 그지없는 애정 표현들이 난무했다. 끝없이 이어지는 낯 뜨거운 문자를 모두 찾아보면서 그녀는 제정신이 아니었다. 눈앞이 깜깜해지며 이제까지 쌓아왔고 누려왔던 모든 행복이 와르르 무너져 산산조각이 나는 것 같았다. 그날 밤늦게 남편이 집에 들어오자마자 주체할 수 없는 분노로 불같이 소리쳤다.

—그년 만나고 이제 들어오니? 네가 어떻게 나한테 그럴 수 있니?

처음에 완강하게 부인하던 남편은 미안한 기색이 조금도 없이 너무나 당당하게 말했다.

—그년이라니? 내 운명의 여자한테 말 함부로 하지 마! 그녀를 하루라도 못 만나면 보고 싶어 숨 쉬기가 어려울 정도야. 그러니 제발 나를 놓아줘. 너도 미치도록 사랑하는 남자 만나면 이 말이 무슨 뜻인지 알 거야.

이 말에 그녀는 가슴에 비수가 꽂힌 듯 통증을 느끼며 크게 충격받았다. 너무 기가 막혀 말도 안 나오고 눈물조차 나오지 않았다. 그렇게 소중했던 미국 대학교의 박사학위까지 포기하며 남편에게 모든 것을 걸었던 그녀였다. 산이 높으면 골짜기가 더 깊듯이 철석같이 믿으며 올인 했던 사랑이 배신으로 끝났기 때문에 상처는 말할 수 없이 마음 깊이 각인되었다. 그녀는 하나 있는 딸을 위해 끝까지 가정만은 지키려고 했지만 남편의 끊임없는 이혼 요구에 지쳐 가더니 끝내 헤어졌다. 나는 남편에게 집착했던 그녀가 이혼에 응했다는 사실이 믿어지지 않을 지경이었다.

이혼 후 초기에는 남편의 외도로 인한 배신감 때문에 남자를 불신하며 쳐다보지도 않았지만 딸을 결혼시킨 후 혼자 살게 되자 서서히 외로움이 찾아 들었다. 오랫동안 그녀를 아프게 했던 버림받은 상처를 보상받고도 남을 만큼 멋진 사람을 만나 열정적인 사랑을 꽃피우고 싶었다. 시간이 감에 따라 사랑에 대한 열망은 가슴 깊은 밑바닥에서 뜨거운 용암같이 펄펄 끓고 있다가 언제라도 터질 준비를 하는 것 같았다. 그런 와중에 그녀는 우연히 장애인복지관을 맡아 무료 봉사하는 남자에 대한 기사를 보았다.

종교재단에서 운영하는 D시에 있는 장애인복지관 관장인 그는 보수 한 푼도 받지 않고 매일 출근하고 있다. C대학교 사회과학대학 학장을 지냈고 미시경제학 분야의 세계적인 권위자였다. 그가 정년을 6년이나 남겨두고 교수직을 버리겠다고 했을 때 주위 사람들이 다들 의아해했다. 무엇이 그로 하여금 그런 결정을 하게 했을까?
"교수직의 정년을 6년이나 남겨두고 그만두는 것이 쉽지 않았지만 교수로서만 일생을 마치고 싶지 않았습니다. 봉사하는 삶이 행복할 것 같다는 생각을 오래 했죠. 그런데 집사람이 용기를 주지 않았다면 이런 결정을 하지 못했을 거예요."

6년 전의 명예퇴직은 오래전부터 마음먹은 봉사를 실행에 옮긴 것뿐이고 이 과정에서 아내의 지원이 큰 힘이 되었다고 말하고 있다. 25년 이상 대학교수로 살면서 학문을 연구하고 많은 제자를 가르쳤지만 장애인 복지관에서 봉사하면서 더 많은 것을 깨닫고 배웠다고 했다.

  이 기사를 본 그녀는 매우 감동받았다. 장애인에게 봉사하기 위해 정년퇴임 6년 전에 학교를 그만둘 수 있을까? 그것도 세계적인 학자의 길을 버리고 무보수로 힘든 일을 자처할 수 있을까? 하고 자문해 보았지만 자신은 도저히 할 수 없을 것 같았다. 아내도 이러한 일에 동참하는 것을 보면 이 부부야말로 우리를 위하여 십자가에 못 박히는 성인과 같은 큰 사랑을 진정으로 실천하는 사람들이 아닌가? 이런 생각에 이르자 그녀는 이 복지관에 후원금을 보냈다. 얼마 후, 고등학교 총 동창 모임이 있었는데 그녀가 내 옆자리에 앉게 되었다. 이 얘기 저 얘기 하다가 대장암으로 세상을 떠난 내 친구얘기가 나왔다.

  ―참 아까운 친구야. 이해심이 많아 친구들도 모두 좋아 했었는데……. 남편과도 금실이 좋아 우리 모두 부러워했었어. 그렇게 사랑했던 훌륭한 남편을 두고 어떻게 눈을 감았을까.

  ―남편이 훌륭하다는데 누구신데요? 잘 아는 분이세요?

  ―D시에 있는 장애인복지관 얘기 들어 봤니? 친구 남편이 C대학교에서 학장까지 하셨는데 명예 퇴직하시고 이 복지관 관장으로 무료 봉사하고 계시잖아. 그런 숭고한 분이 계셔서 세상이 살 맛

나는 것 같아.

그녀는 얼마 전 기사를 보고 감동받았던 그 남자가 바로 하늘나라에 간 내 친구 남편이었다는 것을 알게 되었다. 집으로 돌아와 그녀는 그에 대한 생각으로 가득 차 관련 기사를 찾아보니 여러 기사가 나왔다. 그 기사들을 꼼꼼히 읽다가 보니 그에 대한 관심이 점점 커져 급기야는 e—메일을 보내게 되었다.

저는 사모님의 고등학교 2년 후배이고 H대학 교수를 하고 있습니다. 관장님의 기사를 우연히 보고 많은 감동을 받았습니다. 그런데 관장님이 제가 좋아하는 선배 언니 남편 되시는 분인 것을 최근 알게 되어 메일을 드리게 되었습니다. 학교일을 핑계로 고등학교 동창 모임을 20년 가까이 나가지 않다가 최근 참석하면서 선배 언니의 소식을 듣고 정말 많이 놀랐고 가슴이 아팠습니다. 늦게나마 선배 언니의 명복을 빕니다. 연말연시라 먼저 간 선배언니의 빈자리가 더 크게 느껴지실 테지만 힘내시길 바랍니다.

일주일이 지난 후 그로부터 간단한 답이 왔다.

항상 결정하기 힘든 일이 있으면 집사람이었으면 어떻게 조언해 주었을까 생각하며 하루하루를 지내고 있습니다. 그러나 쉬운 일은 아니네요. 메일 주셔서 고맙습니다. 나중에 기회가 되면 다시 연락 주시기 바랍니다.

한 번도 본 적 없는 여자한테 보내는 메일에 하루하루를 보내는 것이 쉽지 않다는 답을 쓴 것을 보고 아내와 사별 후 아직도 힘든 시간을 보내고 있구나 생각했다. 휴대전화번호를 알게 된 후부터는 카톡을 보냈다. 그녀가 뵙고 인사드리고 싶다는 카톡을 보냈을 때 그가 답을 보내왔다.

"말씀은 고맙지만 집사람이 고인이 된 지 아직 1년도 안 되어 제가 마음의 준비가 쉽지 않습니다. 조금 우울증에 걸린 것 같기도 합니다."

이를 보고 그가 아직 마음을 열지 않으려는 것 같아 실망스러웠다. 그런데 '조금 우울증에 걸린 것 같기도 하다'는 내용에 다소 마음이 쓰였다. 그래서 그 후 위로와 평안을 주는 내용을 찾아 간단한 글과 함께 보냈다. 응답을 기다리는 것에 지치게 될 즈음 그로부터 카톡이 왔다.

"안녕하세요. 말씀 안 드렸었는데 지난 약 한 달 동안 조금 아팠어요. 지금은 많이 좋아져 지낼 만합니다. 보내주신 응원에 회복이 빨라진 것 같아요. 감사드립니다."

자신이 보낸 응원 메시지나 내용을 모두 읽었고 그것이 회복을 앞당겼다는 답을 받은 그녀는 매우 기뻤다. 얼마 후, 그의 아내 기일이 되어 명복을 비는 카톡을 보냈는데, "어제 집사람 기일을 맞아 출가한 딸들 가족들과 같이 산소에 다녀왔어요. 서로들 말은 특별히 없었지만 착잡한 마음은 큰 변화가 없는 듯하네요."라고 답을 보내왔다.

그 후 점점 카톡이 잦아지면서 서로에 대한 얘기를 많이 나누게 되었다. 그가 그녀와 같은 대학교수라 통하는 것이 많았고 응답하는 방식이 마음에 들었고 소통하는 것이 즐거웠다. 그가 만나자는 카톡이 왔을 때 그토록 소망했던 일이 손에 닿을 듯 가까이 온 것 같아 잠도 설치곤 했다.

"드디어 낼 뵙네요^^ 절 보시고 실망하시더라도 티 내지 마세용. 제가 자존감이 살짝 낮아서……."

"별말씀을요. 제가 드리고 싶은 말이에요."

만나기 전 이런 카톡을 주고받으며 그녀는 가슴이 두근두근했다. 만나는 날이 되자 정성을 다하여 머리 손질과 화장을 하고 화사하지만 단정한 옷을 입었다. 평소 바지를 주로 입고 다녔지만 번거로운 팬티스타킹을 신고 치마를 입었다. 정해준 약속 장소에 가니 백발의 노신사가 기다리고 있었다. 그를 만나자마자 그녀는 자신도 모르게 손을 내밀어 악수를 청했다. "먼저 악수 청해주어 고맙다."고 하면서 그는 그녀의 손을 꼭 잡아주었다. 나뭇가지 사이로 비추는 화사한 봄날의 햇살과 살랑거리는 봄바람으로 연두 빛 나뭇잎들의 그림자가 길바닥 위에서 물결치듯 흔들리고 있었다. 그녀는 마음이 들떠서 그 광경이 마치 나뭇잎들이 웃으며 재잘대고 있는 것 같이 느껴졌다. 그런 길을 조금 걷다가 깨끗한 일식 식당으로 들어갔다. 예약을 했는지 종업원이 조용한 방으로 안내했다. 그는 자리에 앉자 종업원이 가져온 메뉴판을 보더니 말했다.

—이 식당은 생선구이가 유명하니 생선구이를 드셔 보시면 어떨까요?

그녀는 생선가시가 목에 걸려 혼난 적이 있어 생선을 즐겨 먹지는 않았지만 처음 가본 식당이라 다른 메뉴 고르는 것도 번거로워 "저는 아무거나 잘 먹으니 괜찮아요." 하며 그의 눈을 보며 대답했다. 조금 작은 듯했지만 한 번 보면 그대로 빨려 들어갈 듯한 묘한 존재감 있는 눈이었다. 곧이어 주문한 음식이 나와 식사를 하면서 둘은 너무 쉽게 얘기가 이어졌다. 학교 근무하며 겪었던 얘기, 연구와 강의 얘기, 가족 얘기, 성당 다니는 얘기, 자원 봉사했던 얘기 등 대화가 끊임없이 이어졌다. 둘은 대화에 굶주렸던 사람처럼 오랜만에 단절 없이 실컷 얘기했다. 생선가시 바르는 것이 서툰데다 서로의 얘기에 빠져 그녀는 자기 앞에 놓인 생선구이를 거의 먹지 못했다. 그를 보니 숙달된 동작으로 생선가시를 발라 맛있게 식사를 하고 있었다. 그녀는 입맛이 까다로워 힘들게 했던 이혼한 남편이 생각나 맛있게 식사하는 소탈한 그 모습도 좋아 보였다. 그리고 그가 마음의 굴곡이 적고 따뜻한 맘을 가진 남자라는 생각이 들었다. 그러면서 이렇게 따뜻한 남자한테 사랑받는 것은 어떤 기분일까? 이런 남자가 지켜준다면 얼마나 든든할까 상상하니 긴장감은 씻은 듯 사라지고 가슴 속에서 환희가 넘쳐났다. 고작 몇 시간

마주 보고 앉아 있었을 뿐인데도 그에게 빠져들어 가는 것을 거부할 수가 없었다. 한 번 만나고 난 후 그가 시를 보내왔다.

"제가 좋아하는 원태연 시인의 「그냥 좋은 것」이란 시 보내드려요. 교수님을 처음 봤는데도 불구하고 그냥 좋아서요."

그냥 좋은 것이 가장 좋은 것이다.
어디가 좋고 무엇이 마음에 들면,
언제나 같을 수 없는 사람 어느 순간 식상해 질 수 있는 것입니다.
그냥 좋은 것이 가장 좋은 것입니다.
특별히 끌리는 부분도 없을 수는 없겠지만,
그 때문에 그가 좋은 것이 아니라
그가 좋아 그 부분이 좋은 것입니다.
그냥 좋은 것이 그저 좋은 것입니다.

이를 받은 그녀는 그가 마음을 열고 좋아한다고 고백하는 것 같아 희열이 온몸에 차오르는 것이 느껴졌다. 그 후 좋아하는 감정을 표현하는 내용의 카톡이 매일 매일 이어졌다.

일주일 후, 그녀는 그를 다시 만났는데 만나자마자 서로 손을 잡았다. 그가 잡은 손에 힘을 주는 것이 느껴졌다.

—서로 교수님이라고 부르니 너무 사무적으로 보이네요. 그러니 호칭을 바꾸는 게 좋겠어요. 어떻게 부르면 좋을까요?

그녀는 잠시 생각하더니 제안했다.

—같은 가톨릭 신자니 세례명을 부르면 어떨까요. 저는 마리아예요.

—그러시군요. 저는 가브리엘이에요. 그리고 이참에 편하게 서로 말도 놓으면 어떨까요?

존댓말이 슬며시 반말로 바뀌게 되자 둘 사이가 좀 더 친밀해진 느낌이 들었다. 그 후 자주 만나 밥도 먹고 영화도 보고 음악회도 가고 근교에 드라이브도 하면서 둘은 점점 가까워졌다. 그러다가 그의 아파트를 처음 방문했던 날 머뭇거리며 스킨십 시도를 못하는 그를 위해 그녀는 엉뚱한 제안을 했다.

—난센스 퀴즈인데 맞히면 뽀뽀해줄게? 상처 난 사과를 네 글자로 뭐라고 할까?

그녀의 제안에 빙긋이 웃으며 답을 곰곰이 생각하더니 말했다.

—아! 알았다. '파인애플' 아냐? 애플이 파인 것이니 상처 난 사과잖아. 재미있는 퀴즈네. 맞혔으니까 약속 지켜야 돼.

하며 갑자기 그는 그녀를 격하게 포옹하면서 키스를 하고 젖가슴을 더듬으며 애무하기 시작했다. 볼에 살짝 입만 맞추려했던 그녀였지만 갑작스럽게 다가오는 그의 뜨거운 열정에 몸을 맡길 수밖에 없었다. 격렬한 시간이 흐른 후 옷을 입으며 그녀는 수줍게 입을 열었다.

—우리가 이 나이에 어떻게 이런 일이 가능하지? 이게 사랑이라는 건가 봐.

—맞아. 나도 나를 믿을 수 없네. 둘 다 아직 청춘이야. 식상한

말이지만 나이는 숫자에 불과한가 봐. 좀 있으면 이런 마음조차 일어나지 않을 테니 서로 눈치 보지 말고 생각날 때마다 스킨십 하자.

그는 그녀를 포근하게 안아 주면서 나직하게 속삭였다. 그녀는 환갑을 넘긴 나이에 그를 알게 되어 사랑하게 되고 격정적으로 몸까지 섞고 한 것은 단 한 번뿐인 인생에서 기적 같은 일이 일어난 것이라고 생각할 수밖에 없었다. 마치 하늘이 두 사람을 맺어지게 하여 마지막으로 행복의 시간을 마련해 준 것 같았다. 그래서 그녀는 완벽한 사랑을 찾은 듯 구름 위를 걷는 듯하고, 밥을 먹지 않아도 배가 부르고, 머릿속이 그에 대한 생각으로 가득 차는 황홀감을 느꼈다.

그녀의 이런 황홀감은 그가 1캐럿 다이아몬드 반지를 주었을 때 절정을 이루었다. 그날은 그녀의 생일이었는데 근사한 식당에서 저녁 식사 후 그가 종이 쇼핑백을 내밀었다. 그 안에는 편지와 작은 상자가 들어 있었는데 편지를 읽어보라고 했다. 같은 대학교에서 근무했던 그를 잘 아는 현 교수의 편지였다.


존경하는 관장님 안녕하세요.

드릴 말씀은 제가 아는 분로부터 부탁을 받았는데 전해드리기가 난감하여 차일피일 미루다가 일단 부탁 받은 처지라 전달할 밖에 없음을 양해해 주시기 바랍니다.

같이 동봉한 반지는 미국 교포이고 몇 년 전에 저와 같이 방문한 바 있는 이서영이라는 여자 분이 전달을 부탁한 것입니다. 전달하면서 하신 말의 요지는 관장님이 하시는 일이 가능

한 이유로는 사모님의 도움 없이는 어려웠을 것이라는 말씀이 있었고 존경하는 한 사람으로서 이 물건이 사모님께 전달되었으면 한다는 것입니다.

저는 어려움을 표하고 거절했으나 원체 간곡히 부탁하고 진심이 느껴져 수락했습니다. 너무 노여워 마시고 그 분의 뜻도 받아 주시길 바랍니다. 제가 중간에서 많이 힘이 듭니다.

항상 건강하시고 행복하시길 바랍니다.


편지에는 미국 교포여성이 반지를 준 뜻과 중간에서 전달을 부탁받은 현 교수가 난처한 입장으로 고민하다가 어렵게 그에게 이를 전달한 내용이 적혀 있었다. 상자를 열어보니 GIA 보증서와 함께 백금으로 세련되게 세팅 된 1캐럿이 조금 넘어 보이는 다이아몬드 반지가 영롱한 빛을 반짝이고 있었다. 그를 뒷바라지 해온 아내를 위해 1,000만 원도 족히 넘는 귀한 반지를 미국에 사는 교포가 보낸 것을 보니 훌륭한 일을 하고 있는 그가 다시 돋보였다.

—미국 교포 사회에서까지 가브리엘이 알려져 있다니 놀랍네. 아내를 위해 이런 귀한 반지까지 보내는 마음이 감동적인데 선배님이 하늘나라에 일찍 가셨으니 어떻게 하지? 그 분에게 뭐라고 답했어?

그러자 그가 이서영에게 보낸 메일을 보여 주었다.


안녕하세요,

오늘 현 교수한테 선물을 받았습니다. 그런데 제 마음을 어떻게 표현해야 할지 난감하네요.

제 집사람은 주님의 뜻을 받아 소천되었습니다. 말씀하신 것처럼 제가 하는 일은 집사람 도움이 없었으면 실현되기 어려웠겠지요. 제가 이 일을 시작했을 때 추기경님을 만날 기회가 있었는데 그 분도 같은 말씀을 해주셨던 기억이 납니다.

주신 선물을 제가 받아도 되는지 잘 모르겠지만 고마운 마음으로 뜻을 헤아려 말씀하신 대로 기념이 되는 소중한 반지가 되도록 하겠습니다.

항상 주님의 축복이 함께 하시길 기도드립니다.


그가 보낸 메일을 보자 그녀는 이서영의 반응이 궁금해서 "선배님이 안 계시다는 것을 알게 되어 그분이 놀랐을 텐데 뭐라고 답했어?"라며 물어봤다. 그는 "그분의 프라이버시에 관한 일이라 말해주기가 조금 곤란하네."라고 했다. 그녀는 이서영의 나이, 결혼상태, 하는 일 등 어떤 사람인가를 더 알고 싶었으나 그가 말하기를 거절하는 바람에 더 이상 캐물을 수가 없었다.

—사실 내가 지금 하는 일은 집사람의 지원이 없었으면 실현되기 어려웠다는 것은 맞는 말이야. 그런데 안타깝게도 이 세상에 없으니 이 반지를 어떻게 하나 고민이 되기도 했어. 돌려주려고도 했지만 주신 분에 대한 예의가 아닌 것 같아 감사하다는 뜻의 메일을 보냈던 거야. 그러면서 기념이 되는 방법이 무엇일까 생각하는데 마리아가 제일 먼저 떠오르더라고. 저 세상에 가서조차 홀로 남겨진 나를 측은하게 여긴 집 사람이 고등학교 후배인 마리아를 보낸 것 같다는 생각을 요즈음 많이 하고 있었거든. 그리고 마리아 생일에

반지 하나 해주려는 참이었는데 때 맞춰 이런 선물을 받게 되네. 이것도 타이밍이 절묘한 일이야. 괜찮다면 이 반지를 마리아한테 주고 싶어.

그녀는 다이아몬드 반지를 신기한 듯 바라보다가 그가 하는 말을 듣고 가슴이 벅차올랐다. 자신을 생각하는 마음 씀이 고마워 눈물이 핑 돌았다. 아내한테 주어야 할 선물을 준다는 것은 그 빈자리를 그녀에게 내어주고 있다는 뜻이라 의미가 컸다. 그는 반지를 꺼내 그녀의 손에 끼워주며 생일 축하한다고 속삭이며 장미꽃 다발도 함께 주었다. 그가 미리 준비했는지 식당 종업원들이 생일케이크를 테이블로 가져와 촛불을 켜 주며 축하 노래도 불러 주었다. 나이가 들었어도 이런 로맨틱한 면이 있는 그가 사랑스러워 하마터면 많은 사람들이 보는 앞에서 그를 포옹하며 입맞춤까지 할 뻔했다.

자신을 던져가며 봉사하는 선행이 여기저기 알려지면서 큰 기업체에서 그에게 봉사대상을 주었다. 그 여파로 여러 대중매체에서 그를 앞 다투어 취재했다. 주요 검색 사이트에서 그의 이름을 검색하면 20여 개의 대중매체에서 취재한 기사를 볼 수 있었다. 사회복지단체에 종사하면서 그를 모르면 간첩이라는 말조차 나오게 되었다. 그는 사람들을 많이 만나고 강연도 다니고 글도 기고하고 해외에 있는 복지단체의 초청을 받아 봉사도 하는 등 자신이 맡은 복지관 이외의 일로 분주한 날을 보내게 되었다. 수시로 전화 문자 카톡 등이 많이 오게 되어 그녀와 만나고 있을 때도 대화가 중단되기도 하고 심지어 중간에 자리를 뜨는 일조차 있었다. 그러다 보니 유명해진 그가 모든 면에서 그녀를 능가하는 젊고 아름다운 여성도 만날 수 있겠다는 생각이 들었다. 특히 그에게서 선물 받은 다이아몬드 반지를 보고 있으면 그를 존경하고 흠모하는 여성이 이서영 말고 또 나타날 것 같았다. 그런 생각에 빠지자 그녀는 자신이 초라하게 느껴지고 또 버림받을 수도 있을 것 같아 점차 불안해지기 시작했다.

처음에는 소소하게 그의 건강을 챙겨주던 그녀의 배려가 불안감으로 인해 시간이 갈수록 모든 생활에 대한 간섭으로 변해갔다. 그와 연락이 잘되지 않으면 아무것도 손에 잡히지 않았다. 그녀 자신도 인식하지 못한 채 성장하면서 만들어진 굴곡진 집착적 성격이 서서히 나타났다. 그의 하루 스케줄을 자주 물어보면서 행적이 모호할 경우 꼬치꼬치 물어봤다. 식사하거나 차 마시다 그가 미처 휴대폰을 챙겨가지 못하고 잠시 자리를 비울 때는 그에게 온 문자나 카톡 내용을 훔쳐보았다. 특히 여자 이름으로 온 문자나 카톡 등은 혹시 하는 마음으로 가슴을 졸이며 훑어보았다. 믿었던 남편의 외도에 대한 끔찍한 기억과 기적같이 이루었던 사랑을 또다시 잃을까 하는 두려움으로 그녀는 점차 집착 증세가 심해졌다. 그가 그녀 말고 다른 여자 만나는 것 자체가 싫고 불안해서 비난하며 짜증을 내게 되었고 아주 사소한 그의 변명에도 상처를 입었다.

그러던 어느 날, 복지관에 우연히 들른 그녀는 그가 50대로 보이는 단아한 여자와 다정하게 얘기하다 손을 꼭 잡아주며 안아주는 것을 목격하게 되었다. 너무 놀라 차마 그 앞에 나서지 못하고 부리나케 도망치듯 나왔으나 마음이 진정되지 않았다. 그에게 전화해

당장 만나자고 했다. 그는 평소 같은 목소리로 아직 할 일이 남아 있어 저녁에나 시간이 되니 밥이나 같이 먹자고 했다. 저녁시간이 될 때까지 내내 그녀는 그와 그 여자와의 관계를 생각하느라 머리가 복잡했다. 그 여자는 누구일까? 왜 그렇게 다정하게 손까지 잡으며 안아 주는 것일까? 새로운 여자가 생긴 것일까? 그래서 요즈음 나한테 좀 소홀해진 것인가? 이런저런 생각을 하다가 불현듯 며칠 전 그의 카톡에서 몰래 보았던 내용이 생각났다. 끝없는 존경과 애정을 담아 그에게 감사함을 표하고 있는 내용이었는데 애틋하고 글 솜씨가 좋아 한 번만 봐도 기억에 남을 정도였다. 호기심이 발동해 카톡 프로필 사진까지도 열어 봤었는데 아까 복지관에서 그와 함께 있었던 바로 그 여자인 것 같았다.

—무슨 생각을 그렇게 하고 있어?

그가 식당에 들어오는 것도 모르고 근거 없는 상상에 골몰하다가 그의 목소리에 얼굴을 들었다.

—아, 왔네. 많이 바쁜가 보네.

—찾아오는 손님도 많고 취재하겠다는 기관도 줄줄이 있어 정신이 없네.

피곤한 모습으로 그가 앉으며 말했다. 음식이 나오자, 그는 배가 고팠던지 허겁지겁 먹기 시작했다. 식사하는 그를 물끄러미 바라보고 있던 그녀는 좀 격앙된 목소리로 갑자기 말했다.

—아까 3시쯤 복지관에 들렀는데 어떤 여자와 다정하게 얘기하면서 손도 잡아주고 안아 주기도 하던데 대체 누구야?

—그 시간에 어떻게 복지관에 왔어? 왔으면 들어오지 그랬어.

아, 생각나네. 그분은 우리 복지관에서 자원봉사 하는 분이야. 아들이 태어날 때부터 다운증후군으로 인한 발달장애 때문에 우리 복지관에서 돌봐주고 있었어. 그런데 얼마 전 아들이 교통사고로 죽었어. 횡단보도를 건너다 음주운전 하던 차에 치어 그 자리에서 즉사했어. 너무 가슴 아픈 일이지. 아들 사고 후 자원봉사를 안 나오다가 오랜만에 복지관에 나와 인사하러 왔더라고. 그래서 내가 위로해 주었던 거야.

그 여자와 그의 관계에 대해 온갖 상상을 하며 의심을 떨쳐 버리지 못한 채 애기를 듣고 있던 그녀는 갑자기 자신도 모르게 가톡을 통해 알게 된 여자의 이름을 말해 버리고 말았다.

—아니, 그분 이름을 어떻게 알고 있어? 내가 한 번도 말한 적이 없었는데 정말 이상하네.

그는 놀라면서 어떻게 이름을 알았는지 추궁했다. 그녀는 당황해서 횡설수설 변명하며 식탁에 있던 소주를 따라 마시기 시작했다. 평소 술을 잘 먹지 못하는데 급하게까지 마시다 보니 그녀는 곧 취하게 되었다. 술에 취해 통제력이 느슨해진 틈을 타서 그녀는 그동안 참아왔던 그에 대한 불만을 쏟아냈다. 그러는 와중에 그만 실수로 그의 문자와 가톡에서 몰래 보았던 내용까지 말하면서 도를 넘는 심한 말을 늘어놓았다. 이런 이성을 잃은 모습에서 그녀가 그를 의심하며 문자와 가톡까지 몰래 들여다보고 있었다는 것이 들통 났다. 다른 사람의 간섭을 받지 않고 평생 자유롭게 살아온 그는 불쾌하고 당황스러웠다.

—내가 바빠 마리아한테 신경을 덜 쓴 것은 미안해. 하지만 마리

아를 향한 내 마음은 변함없는데 그렇게 나를 의심하며 내게 온 문자나 카톡까지 훔쳐 볼 줄 몰랐어. 좀 실망스럽네. 언젠가 내 전화기 음성 사서함에 저장된 것을 들을 줄 몰라 집사람한테 열어 달라고 한 적이 있었어. 그런데 놀랍게도 어느 여자가 나에게 온갖 욕설을 퍼 부으며 "추잡한 행동을 해 임신까지 시켰으니 책임져."라고 소리치는 내용이었어. 나는 그 녹음을 듣고 너무 황당했고 집사람이 오해할까봐 잔뜩 긴장하고 있었는데 "당신에게 전혀 해당되지 않는 내용이네. 이 여자가 전화번호를 잘 못 눌렀나보네."라고 하며 아무 일도 아니라는 듯이 지워버리더라고. 나는 그때 이런 상황에도 집사람이 한마디도 따지지 않고 나를 믿어주고 있다는 것을 알고 너무 고마웠어. 내가 학교일로 연락도 미처 못 하고 외박을 하고 와도 "밤새워 일하느라고 얼마나 고생이 많았겠어. 피곤할 테니 뜨거운 물에 목욕하고 쉬어."라고 하며 목욕물부터 받아 놓았어. 이런 집사람 덕분에 내가 내 꿈을 펼칠 수 있었던 거 같아.

이서영씨 같은 분이 그 귀한 반지를 집사람에게 보낸 깊은 뜻이 이해돼. 반지는 원래 집사람 것이지만 이 세상에 없으니 마리아가 대신 주인이라고 생각하고 주었던 거야. 그러니 집사람이 그랬던 것처럼 나를 믿어주면 좋겠어.

그가 갑자기 죽은 아내와 자신을 비교하며 반지 얘기를 하자 그녀는 더욱 더 기분이 상했다. 흥분하여 주먹을 쥐었다 폈다 하며 어쩔 줄 모르더니 선물 받은 다이아몬드반지를 손가락에서 빼내어 그 앞에 던지며 소리쳤다.

—아직도 이 세상 사람이 아닌 선배가 그립고 나는 안중에도 없

나 보네. 그리고 왜 갑자기 여기서 반지 얘기가 나와. 나는 반지 받을 자격이 없다는 거야! 반지는 나한테 주고 마음은 온통 죽은 선배한테만 있는 것 같네. 가브리엘이 그렇게까지 생각하는데 이 반지를 끼고 있는 내 손이 부끄럽네. 필요 없으니 도로 가져가!

그녀는 좀처럼 마음을 진정할 수가 없어 생트집을 잡으며 무례하기 짝이 없는 행동을 서슴없이 했다. 상황을 왜곡되게 보며 소중한 뜻이 담긴 반지까지 함부로 취급하는 거친 모습을 보자 그는 그녀에 대한 믿음이 깨지기 시작했다.

다음날, 그녀가 술이 깨고 나서 그에게 눈물을 흘리며 사과해 간신히 관계는 이어졌지만 그 후 지속적으로 반복되는 그녀의 여러 가지 집착적 행동은 그를 옥죄면서 숨 막히게 했다. 그녀와 통화하는 것이 두려웠는지 전화조차 받지 않는 일이 많아졌다. 그러다가 그는 결국 휴대폰 번호와 e—메일 주소 등 그녀와 연결되었던 모든 채널을 바꿔버렸다. 그에게 전화하면 없는 번호라는 기계음만 나오고 보낸 메일도 되돌아오는 것을 보고 더 이상 복지관이나 집으로 찾아갈 용기가 나지 않았다. 그동안 누려왔던 황홀한 감정 뒤에 오는 상실감 노여움 외로움 등이 얽힌 복잡한 감정들이 그녀에게 밀려왔다. 인생 마지막에 자신에게 보내준 선물 같은 사랑이 영영 자신을 떠난 것이다. 그녀가 해왔던 여러 일들이 점점 의미가 없어져 갔다. 짧은 기간의 만남이 자신을 그토록 점령했다는 사실에 그녀는 적지 아니 당황스러웠다. 자신의 복잡한 감정을 매일 밤 가슴속에 되새기며 시커먼 어둠 속을 헤매다 보면 몸이 물에 젖은 휴지 같이 허물어지면서 잠이 오지 않았다. 그녀는 자신이 무너지지 않도록 온 힘을 다해 버티면서 지냈으나 거동이 힘들 정도로 심한 가슴 통증이 그녀를 엄습했다.

여러 달이 지나서 그녀는 한동안 가지 못했던 학회에 참석했다. 학회 초청장에 내가 발표자로 있는 것을 보고 기분도 전환하고 나를 만나 그동안 쌓인 얘기도 하고 싶어서였다. 학회가 끝난 후 식사를 하러 들어간 식당에서 그와의 사랑 얘기를 격한 감정을 애써 누르며 털어놓았다.

—그러잖아도 혼자 된 내 친구 남편이 어떻게 지내고 있나 궁금했는데 너와 그런 일이 있었구나.

—몇 달 동안 천당과 지옥을 왔다 갔다 했어요. 근데 언젠가 동창 모임 때 관장님 부부가 금실이 좋았다고 들었는데 돌아가신 아내는 어떤 분이셨어요?

—한마디로 '못 말리는 남편 바보'였어.

—왜 그런 별명이 붙었어요?

—언젠가 그 친구 집에 동창들이 놀러갔는데 거실 벽에 액자가 비스듬하게 걸려있더라고. 그래서 어쩌다 액자가 비스듬하게 걸려 있냐고 물어봤어. 그랬더니 남편이 달아준 것인데 비스듬하게 걸어 놓으니 너무 근사하고 거실 분위기와 잘 어울린다는 거야. 그러면서 남편이 예술적인 감각이 뛰어나다나 뭐라나. 우리는 아무리 봐도 액자 다는 것이 서툴러서 그렇게 달아놓은 것 같은데 말이야. 그래서 그 후 동창들이 그런 별명을 붙여준 거야. 여하튼 그 친구는 세상만사를 남편의 입장에서 바라보고 행동하는 거야. 그러면서

도 마치 자신도 원했던 것처럼 즐거운 마음으로 행동하니 '못 말리는 남편 바보'가 아니고 뭐니. 그러니 남편이 6년이나 정년을 남겨 두고 퇴직해 복지관 관장으로 무료 봉사한다고 했을 때도 아무 불평 없이 이해해주지. 아마 그 친구가 반대했으면 그런 결정 못 내렸을 거야.

이 말을 들은 그녀의 표정이 살짝 어두워지는 것을 보니 "상처받은 그녀 앞에서 공연한 말을 했구나." 하는 마음이 스쳤다. 이내 원래 표정으로 돌아온 그녀는 자책하는 말을 했다.

—저는 그를 많이 사랑했고 인생의 마지막 사랑이라고 생각하고 무한히 노력했어요. 근데 왜 이렇게 상처만 남기고 허망하게 끝났을까요? 제가 남자를 사랑하는 데 몹시 서툰가 봐요.

—너만 그런 게 아니라 누구에게도 사랑은 만만한 일은 아니야. 사랑은 시작하기도 어렵지만 그 관계를 끌고 나가기는 더욱 어려워. 이렇게 끝난 것이 너도 많이 힘들었겠지만 그도 너 못지않게 힘들었을 거야. 그 역시 아내를 먼저 보낸 후 외롭고 허전해서 사랑이 필요하지 않았을까? 그도 상처받는 너와 똑같은 사람이니까.

위로의 말을 한 후 조금 망설이다 그녀 얘기를 들으며 느꼈던 것을 조심스럽게 꺼냈다.

—내가 주제넘게 이런 말해도 될지 모르겠는데 오랫동안 너를 봐와서 아끼는 마음으로 하는 것이라 생각하고 들어봐. 네 얘기를 들어보니 혹시 네가 그에게 너무 큰 것을 기대하고 있는 것이 아닐까 하는 생각이 드네. 너는 그를 위해 몸과 마음 모든 것을 바쳤다고 생각하지만 실은 네 마음속으로는 그에 상응하는 사랑, 인정, 지지

가 돌아오기를 기대했을 것 같아. 그런데 기대했던 사랑과 지지를 받을 수 없게 되니 당연히 마음이 무너지면서 상처 받았겠지. 네가 기대했던 사랑은 아마 어린 시절에 못 받았던 아버지의 사랑이고 이혼하면서 거부당했다고 느꼈던 남자의 사랑이 아닐까 생각해봤어. 그의 사랑을 일방적으로 기대하고 있으니까 바빠서 시간 내기 어렵다는 말을 거절로 받아들이고 일 때문에 여자를 만나는 것을 의심하면서 그를 냉정하고 상처 주는 사람으로 만들어 버렸던 것은 아닌지.

그녀는 진지하게 듣고 있다가 말했다.

─오랜 세월 저를 곁에서 봐오신 상담 전공 선배님이 아니면 도저히 하실 수 없는 얘기예요. 저의 가장 아픈 곳을 콕 집어 지적하신 것 같아요. 선배님 말을 듣고 생각해보니 어린 시절 못 받은 아버지 사랑과 이혼의 상처가 깊어 그에게서 보상받기를 기대했던 것 같아요. 그리고 누군가를 좋아하게 되면 그 사람 때문에 자신이 견딜 수 없게 초라해질 때가 있는데 이 초라함으로 인해 자격지심이 생겨 상대방을 오해하게 되는 것 같아요. 제 상처와 자격지심에만 매달려 있다 보니 제가 하는 말과 행동에 그가 어떤 영향을 받을지 미처 생각할 겨를이 없었나 봐요. 그러니 당연히 그의 입장을 이해할 수 없었겠지요.

─내 얘기의 핵심을 잘 파악하네. 내가 생각하기엔 사랑은 상대에 대한 끌림에서 싹트지만 관심과 배려라는 물과 영양으로 자라나는 생명체인 것 같아. 그러니 서로 느끼고 공부하고 이해하는 노력이 필요한 거지. 하다못해 야구를 사랑해도 야구경기를 자주 보고

야구 선수에 관심을 가지고 야구의 규칙과 수많은 기술을 이해하려고 하잖아. 이렇게 오랜 세월 야구만 파다 보면 야구에 대한 전문가가 되는 거야. 야구라는 한 우물만 파듯 사랑하는 상대에 대하여 파다 보면 그 사람에 대한 전문가가 되지 않겠어? 그 경지까지 가면 등이 가려운 상대에게 허벅지를 긁어주는 엉뚱한 짓은 하지 않겠지.

내 말을 들으며 그녀는 점차 마음의 평정을 찾아가는 것 같았다.

―그에게 버림받았다고만 느끼니 너무 힘들어 저를 되돌아볼 겨를이 없었는데 선배님과 얘기를 하다 보니 뭔가 좀 보이네요. 그동안 제 기준으로만 최선을 다해 사랑했다고 한 것 같아요. 혹시 사랑을 다시 하게 되는 행운이 온다면 사랑하는 사람에 대한 공부 많이 해야 되겠네요.

―그렇고말고. 서로 상대에 대한 공부를 많이 해서 상호 간에 모든 것을 '공감'하는 것이 사랑에서 가장 중요한 것이라고 생각해. 공감을 하게 되면 상대방의 입장에 서서 함께 행동하게 되겠지. 만약 천둥 치고 비바람이 몰아치는 날 마당에서 네 딸이 혼자 비를 맞고 있다면 너라면 어떻게 하겠니? 대다수의 어머니들이 그렇듯이 아마 너도 "무슨 청승이냐? 옷 젖으면 어떻게 하려고 그러냐! 감기 들겠다."고 질색하면서 집으로 빨리 들어오라고 소리치지 않았을까? 그런데 소년 시절 베토벤 어머니는 아들이 있는 곳으로 걸어가 꼭 껴안고 함께 비를 맞으며 "그래, 아름다운 자연의 소리를 같이 들어보자."고 말했다고 해. 악성 베토벤의 성공 뒤에는 이런 공감의 동반자인 어머니가 있었던 거야. 자기 자식에게조차도 공감하

기 쉽지 않은데 인생길에서 이런 공감의 동반자를 만나는 것이 어디 말처럼 쉽겠어. 그런데 한 가지 방법은 바로 나 스스로가 먼저 홀로 비속에 있는 상대에게 다가가 함께 비를 맞아 주는 것이야.

그녀는 무언가를 크게 깨달은 듯이 고개를 끄덕이며 내 손을 꼭 잡으며 말했다.

—그와 다시 시작하면 이제까지 보다 좀 더 나은 관계를 맺을 수 있을 것 같아요.

그녀와 헤어진 후 거의 일 년이 지나 나는 친구들과 시내의 생선구이 음식점에 갔는데 다정하게 식사를 하는 그녀와 그를 만났다. 무엇이 재미있는지 둘은 서로 얘기하며 깔깔거리며 웃고 있었다. 반가운 마음에 그들에게 다가가려는데 그가 능숙하게 생선가시 바르는 모습을 보고 잠시 걸음을 멈추었다. 그는 그녀의 얘기를 들으며 젓가락과 손을 이용하여 구운 고등어 가운데 박혀 있는 등뼈를 떼어내고 다음에는 꼬리와 아가미를 잘라냈다. 그리고 난 후 배와 등에 있는 지느러미 부분의 가시를 발라내더니 맛있게 생긴 배 부위 살을 떼어 그녀의 밥 위에 올려놓고 있었다. 일 년 전 학회 끝나고 식사했을 때 생선구이를 시켜 먹는 나를 보며 가시를 잘 바르지 못해 목에 찔린 후부터 생선을 즐겨 먹지 않는다고 했던 그녀의 말이 생각났다. 그런데 가시를 발라 밥에 얹어준 생선을 맛있게 먹는 그녀를 보니 나도 모르게 미소가 나왔다.

—안녕하세요. 이런 데서 다 만나네요. 둘이 보기 좋아요. 누가 봐도 다정한 연인으로 보이네요. 근데 관장님 생선가시 바르는 솜

씨가 예술이네요. 이런 관장님을 보면 하늘나라에서 질투하는 사람 하나 있겠네요.

그가 나와의 뜻밖의 만남에 쑥스러워하며 엉거주춤하는 사이 그녀는 반가워하면서 자리에서 일어나 내 손을 잡으며 말했다.

—선배님 아니세요? 아니, 어쩜 이런 우연이 다 있어요. 꼭 한번 뵙고 싶었는데 정말 반가워요. 잘 지내셨어요? 그러잖아도 선배님께 연락드리려고 했어요.

그녀는 그에게 잠깐 기다리라고 하면서 나의 팔을 잡고 식당 밖으로 나왔다. 그와 내 친구들이 기다리고 있는 것에 신경이 쓰였는지 그녀는 별말 하지 않고 다짜고짜 휴대폰을 꺼냈다. 그리고 뭔가를 찾아서 내 휴대폰으로 보내 주며 귀에 대고 속삭였다,

—선배님께 방금 보내 드린 것은 거의 일 년 전에 관장님이 제게 보낸 카톡이에요. 저희들 사랑을 다시 이어준 카톡이라 제가 보물처럼 저장하고 있었는데 언젠가 선배님께 꼭 보여드리고 싶었어요. 시간 나실 때 보세요. 학회가 있던 날 선배님과 얘기하며 관장님과의 관계를 다시 생각하게 되었고 그의 입장에 무지했던 저에 대해 많이 반성했어요. 그러던 중 관장님으로부터 이 카톡을 받고 다시 만나게 된 거예요

—어떤 내용인데 다시 만나게 되었을까? 귀한 카톡인데 나한테 보내주어 고마워. 앞으로 싸우지 말고 사이좋게 지내.

그녀에게 덕담을 하고 친구들이 기다리고 있는 테이블로 돌아왔다. 식사 마친 후 집에 돌아와 그 카톡을 읽었다.

"잘 지냈어? 마리아를 만날 때 행복하기도 했지만 집착 때문에 많이 힘들었어. 이 여자는 왜 나를 의심하면서 자기 입장만 고집하며 인정해 달라고 하는 것일까라고 생각하니 화가 나고 지치게 되더라고. 그런데 마리아를 떠나면 홀가분할 줄 알았는데 시간이 감에 따라 같이 했던 좋은 추억들이 떠오르고 그 시간이 그리워지며 보고 싶더라고.

지난 일요일 딸이 봐 달라고 맡기고 간 6살 외손자가 이솝우화 동화책을 읽어 달라고 들고 왔어. 낯익은 '소와 사자의 사랑' 얘기를 읽어 주는데 그날따라 그 얘기가 이상하게 지금까지 느끼지 못했던 것을 일깨워주더라고. 마치 마리아에 대해 혼란스럽게 뒤엉켜있는 감정의 가닥을 풀어 수 있는 실마리를 주는 것 같았어. 나와 마리아와의 사랑도 유사한 상황이었지 않았을까 하는 생각이 났던 거야. 서로 소와 사자처럼 자신의 방식만을 고집하며 최선을 다했다고 생각한 것이 아닐까? 나는 먼저 간 집사람의 사랑방식을 마리아한테 기대하며 마리아의 사랑을 받아주지 못하고 비난하지 않았나 하는 자책이 들더라고. 마리아만 괜찮다면 만나 얘기하고 싶으니 답주면 좋겠어."

나는 그가 그녀에게 보낸 카톡을 읽어가면서 '소와 사자의 사랑' 얘기가 떠올랐다.

소와 사자는 서로를 너무 사랑했다.
그래서 그 둘은 결혼했다.

소는 자신이 제일 좋아하는 신선한 풀로 사자를 위해 상을 차렸고

사자는 자신이 가장 좋아하는 토끼를 사냥해 식기 전에 소에게 가져다주었다.

그러나 소와 사자는 눈앞에 풀과 고기를 보며 서로를 이해할 수 없었다.

결국 소는 자신이 차린 풀을 먹었고 사자 또한 자신의 토끼만을 먹었다.

그리고 결국 서로를 이해하지 못하고 헤어지게 되었다.

헤어지던 날 소와 사자의 마지막 말은 같았다.

"난 당신에게 최선을 다했어요."


그러면서 가시 때문에 생선을 잘 못 먹는 그녀에게 가시를 발라주는 그와 그가 천직으로 생각하는 봉사 활동을 응원하는 그녀의 모습이 떠올라 흐뭇한 마음이 들었다. 내 팔을 잡아 끌 때 보았던 그녀의 약지 손가락에 끼여 있는 반짝이는 콩알만큼 컸던 다이아몬드 반지가 영원히 그 자리를 지키고 있기를 바랐다.

인연의
새로운 마디

# 인연의 새로운 마디

두 딸과 사위가 잠시 쉬러 병원 근처의 큰 딸 아파트에 가고 기준은 홀로 남아 서희의 병상을 지키다가 잠시 졸고 있는데 요양보호사가 소리쳤다.

—사모님이 숨을 안 쉬시는 것 같아요!

벌떡 일어나 손을 코에 대니 숨결이 더 이상 느껴지지 않았다. 그런데 심전도그래프는 아직도 완만한 곡선을 느릿하게 그리고 있었다. 요양보호사는 급하게 간호사를 부르러 갔고 기준은 큰 딸에게 전화 했다. 간호사가 와서 호흡을 확인하더니 꺼지지 않는 심전도그래프 모니터를 보며 말했다.

—얼마 전에도 어떤 환자가 호흡이 멈춘 후에도 심전도그래프가 움직였는데 미국에 있던 아들이 오자 끝나더라고요. 그 환자가 평소 가장 보고 싶어 했던 아들이라는 말을 듣고 정말 신기했어요. 아마 사모님도 따님들 가족 보고 싶어서 아직 못 떠나고 계시나 봐요.

두 딸과 사위가 곧 바로 달려왔다. 딸들 가족이 모두 와서 조금 지나니 심전도그래프의 곡선이 직선으로 변했다. 그렇지만 아직도 따뜻한 서희의 손발을 기준은 정신 나간 듯이 주물렀다. 황망한 채 서있던 딸들은 병상에 자는 듯이 누워있는 서희의 몸을 어루만지면서 일제히 큰소리로 울기 시작했다. 잠시 후, 의사가 와서 서희 사망을 확인하는 선고를 했다. 본능적으로 시계를 보니 밤 11시 정각이었다. 평소 신세 지기를 싫어하는 서희가 하루라도 장례 기간을 단축시켜 남은 가족의 힘을 덜어 주려고 이런 절묘한 시간에 운명했나하는 생각까지 들었다. 밖에는 봄비가 부슬 부슬 내리며 창문에 무수한 물방울을 만들고 있었다. 봄비가 내리는 적막한 한 밤중에 기준은 서희와 이승에서의 마지막 헤어짐 의식을 두 딸들과 함께 치르고 있었다. 잠자듯 평화롭게 누워 있는 서희를 바라보며 이 세상에 서희 없는 삶을 생각하니 기준은 말로 표현 할 수 없는 허탈감이 물밀듯이 밀려왔다. 맘 놓고 실컷 울 수도 없었다. 모두 기준만 쳐다보고 있었기에…….

기준과 서희는 23살에 만나 26살에 결혼하고, 63살에 헤어졌다. 서희는 기준을 이해하려고 노력했고 든든히 지켜주는 버팀목이었다. 서로 다른 성격으로 많이 싸우기도 했지만 기준에게 사랑을 알게 했고 인생의 친구이자 아내로 기쁠 때도 슬플 때도 항상 기준 옆에 있었다. 서희가 세상을 떠나자 기준은 신을 버리고 싶을 만큼 원망스럽고 화가 났다. 왜 자신의 곁에서 그렇게 빨리 데리고 갔는지 납득할 수 없었다. 서희는 폐암으로 1년여 동안 투병하다 세상을 떠났다. 암 선고를 받은 서희는 의연했고 현대의술을 믿지 않았다. 주변에서 암 수술을 하고도 재발하여 죽는 모습을 보며 병원에는 가지 않겠다고 했다. 인생의 마지막을 병원에서 항암치료를 받으며 보내는 것이 싫다고 했다.

두 딸과 사위가 나서서 장례에 따른 여러 일들을 맡아 처리 했다. 장례식장은 서희가 입원했던 병원의 영안실에 마련했다

—촛불이 곱게 타는 것을 보니 엄마는 좋은데 가셨을 거예요.

장례식장 제단 위에서 타고 있는 촛불을 하염없이 보고 있던 큰 딸이 말했다. 서희의 고등학교 친구들이 제일 먼저 문상 왔다. 그 중에는 어릴 적부터 서희와 같은 동네 살면서 초등학교 때부터 고등학교까지 쭉 단짝이었던 친구 영미가 있었다. 서희가 평소 영미 얘기를 많이 하며 함께 여행 가 찍은 사진을 보여 주기도 하고 집에 놀러온 영미와 마주친 적도 있어 낯이 익었다. 그런데 기준은 차마 영미와 다른 친구들을 똑바로 볼 수가 없었다. 친구들을 보니 그들과 같이 까르르 웃으며 수다를 떨었을 서희 모습이 포개지며 눈물이 주체할 수 없이 앞을 가렸기 때문이다. 손수건으로 눈물을 다 닦고 간신히 진정하고 있으려니 영미가 다가오며 같이 온 친구들에게 인사시켰다. 서희 친구들도 모두 눈물을 감추지 못하고 눈가가 붉게 물들어 있었다. 기준은 와주어 고맙다는 인사만 짧게 했다. 문상을 마치고 나가는 친구들을 따라가던 영미가 잠시 뒤돌아서더니 기준에게 다가와 말했다.

—얼마나 슬프고 막막하세요. 무어라 위로의 말씀을 드려야 될지 모르겠네요. 서희가 지난번 동창 모임에 나왔을 때도 괜찮은 것 같았는데 갑자기 이렇게 황망하게 갈 줄 몰랐어요. 서희 없는 빈자리를 어떻게 해요. 따님들이 있어서 그나마 다행이에요.

기준은 백내장 수술을 하면서 시력 교정 수술도 받아 평소에는 안경을 잘 쓰지 않았다. 그러나 장례식 내내 안 쓰던 안경을 걸치고 있었다. 안경 쓴 모습이 눈이 작은 기준 얼굴의 단점을 가려주고 지적으로 보인다며 이미지 관리용으로 서희가 쓰라고 했기 때문이다.

기준은 서희가 좋아하는 모습을 마지막으로 보여 주고 싶었다.

서희는 자신이 죽으면 화장하지 말고 양지바른 곳에 묻어 달라고 했다. 건설회사 다니던 기준이 중동 건설 붐이 한창 일 때 사우디 아라비아에 파견된 적이 있었다. 그 당시 두 딸은 초등학교에 다니고 있었고 기준 어머니의 성화에 뒤늦게 얻은 막내아들이 두 살이었다. 전기 합선으로 집에 불이 나 아들과 함께 질식한 채 발견되어 병원으로 옮겨졌으나 서희만 간신히 의식을 회복했고 아들은 깨어나지 못했다. 서희는 하나 밖에 없었던 아들 잃은 상처를 평생 안고 살았고 불에 대한 트라우마는 공포에 가까웠다. 그래서인지 서희는 절대로 화장하지 말아 달라고 했다. 비록 죽었다 할지라도 그 뜨거운 불구덩이 속에서 자신이 타들어 가서 재만 남는다는 것이 너무 두려웠을 것이다. 기준은 서희가 암 투병 하는 동안 틈틈이 공원묘지를 알아보았으나 마땅한 곳을 찾지 못했다. 그러다가 서희가 몇 년 전에 교통사고로 죽은 영미 남편이 묻힌 공원묘지를 가 본 적이 있다고 했다. 집에서 그리 멀지도 않고 풍수지리상으로도 좋은 곳이라고 들었다면서 그곳에 한 번 가보자고 했다. 죽어서도 영미가 보고 싶을 텐데 남편 성묘 올 때 자신한테도 찾아오지 않겠냐면서 농담까지 했다. 기준은 서희와 같이 공원묘지를 둘러보았다. 산으로 둘러싸인 공원묘지가 아늑하고 왠지 편안해 보였다. 기준도 마음에 들어 인공 연못이 내려다보이고 볕이 잘 드는 남향받이 합장 묘지를 구입했다. 발인 날 영미는 일찍 와서 발인에 참석 한 후 공원묘지까지 동행했다. 서희의 관이 묘지에 안치되는 의식을 치룰 때 영미도 삽을 들어 흙을 퍼 뿌려주고 꽃을 넣어주며 흐느껴 울었다. 안치가 끝나자 묘지 주변을 둘러싼 조문객들이 돌아가고 있었는데 어둡고 습한 깊은 땅속에 서희를 두고 떠나야 하는 기준 마음을 헤아리는 사람은 아무도 없는 듯 했다. 기준은 축 늘어진 어깨를 하고 을씨년스러운 세월을 어떻게 살아야 하나하고 잔디 없이 임시로 흙으로 덮여진 헐벗은 봉분을 하염없이 바라보다가 발걸음을 뗐다.

장례식과 삼우제 동안 북적이던 문상객과 두 딸이 돌아간 후 홀로 남겨진 기준은 비로소 서희의 빈자리가 너무 크게 느껴졌다. 서희가 이 세상에 없다는 것이 도저히 믿을 수가 없었다. "여보, 배고프지. 내가 얼른 저녁 차려 줄께. 잠시만 기다리세용." 하며 늦게 귀가 한 미안함을 애교로 때우며 서희가 현관문을 열고 들어 올 것 같았다. 서희가 암 진단을 받았을 때만 해도 그렇게 빨리 이 세상과 하직할 것이라고 생각하지 못했다. 현대 의술이 이토록 발달했는데 어떻게든 암을 치료하고 기준의 곁을 지키며 코맹맹이 소리로 아양도 떨고 투정도 하고 바가지도 긁고 하면서 언제까지 살아있을 줄 알았다. 인생에서 많은 일들이 미처 준비되지 않은 채 진행된다는 사실이 기준을 무력하게 했다. 가슴 한구석이 시리게 아파오는 것을 느낀 기준은 "당신이 내 아내라서 행복 했어. 이제까지 곁에 있어 주어 고마웠어."라고 혼자말로 중얼거렸다.

꼬리를 물고 일어나는 서희에 대한 상념이 몸을 움직이게 한 듯 거실에 앉아있던 기준은 벌떡 일어나 서희가 썼던 방의 문을 밀쳤다. 서희가 통증으로 뒤척이면 기준이 잠을 푹 못 잘 것이라고 하며 방을 따로 쓰자고 했다. 서희가 병이 위독해져 병원으로 가기 전까지 마지막으로 있었던 방으로 들어서자 기준의 허탈한 마음으로 서희의 추억들이 성큼 들어왔다. 서희가 집에서 인생의 마지막을 보냈던 싱글 침대가 눈에 들어왔다. 둘째 딸이 결혼 전까지 쓰던 침대였다. 침대 헤드부분에 수납공간이 있는데 서희는 그곳에 미니콤퍼넌트를 놓아두고 CD로 음악을 듣거나 라디오를 들었다. 잠들기 전 읽던 책도 놓아두고 차고 있던 손목시계도 풀어 놓는 장소였다.

방에는 기준의 옷가지를 넣어두는 서랍장이 있는데 그 서랍장 아래 바닥에 검은색 비닐 봉투가 보였다. 비닐 봉투는 입구가 덜 묶여진 채로 있었는데 찢겨진 사진들로 가득했다. 기준은 그것을 보자 "아~ 서희가 위독해져 급하게 병원으로 가는 바람에 태우지 못했구나."라는 생각을 하며 사진을 찢었던 장면이 스쳐지나갔다. 서희는 죽기 얼마 전 그동안 찍었던 사진을 모두 없애자고 했는데 기준은 반대했다. 서희가 죽게 되면 쓸모없이 서랍만 차지하고 있을 것 같은 사진이었지만 현실적 쓸모 유무가 이를 없애는 절대기준이 될 수는 없다고 생각했기 때문이다. 그러나 서희는 자신이 죽은 후 기준 혼자 자신과 함께 찍은 사진들을 보고 있는 모습을 보면 이승을 편하게 떠날 수 없을 것 같다고 했다. 사진을 찢으면서 평생 함께 해 온 추억도 버려야만 이에 발목 잡혀 구천을 맴돌지 않을 것 같다며 쓸쓸하게 서희가 말했다. 그러더니 분연히 일어나 망설이는 기준 앞으로 사진을 모아둔 상자를 가져와 엎어 놓고 널 부려져 있는 사진을 찢기 시작했다. 기준은 마음이 내키지 않았지만 잘 안

찢어지는 사진을 힘들게 찢는 서희를 보다 못해 같이 앉아 사진을 찢었다. 죽음을 앞둔 서희는 사진을 찢으면서 생의 추억을 지워나 가는 것 같았다. 사진 속 얼굴이 잘려 나가는 것을 보면서 기준은 가슴이 무너져 내렸다.

검은 비닐 봉투를 들어 올리니 미처 다 찢겨지지 않은 사진 몇 장이 떨어졌다. 그 중에서 한쪽 귀퉁이가 조금 잘려 나간 사진이 눈에 들어왔다. 검붉은 새벽하늘에 막 떠오른 찬란한 불덩이 같은 해가 서희의 오른손과 기준의 왼손을 합쳐 만든 하트 모양 안에 담겨 있고 주변의 소나무는 검은 실루엣으로 찍혀져 있었다.

서희는 환갑 되는 해의 1월 끝자락에 드라마 '모래시계'의 촬영 장소이고 바닷가에 있는 정동진역에서 해 뜨는 모습이 보고 싶다고 했다. '모래시계'는 6·25 이후 최대격동기였던 70년대 말부터 90년대 초까지의 현대사를 배경으로 개성 있는 인물들의 얘기를 역동적으로 그린 드라마다. 이 드라마가 시작되면 서희는 손에 TV 리모컨을 꼭 쥐고 채널을 돌리지 못하게 해 다른 채널 프로그램은 볼 수 없었다. 그래서 기준도 이 드라마를 볼 수밖에 없었는데 나중에는 이 드라마를 보기 위해 일찍 귀가까지 서둘렀던 기억이 났다. 그래서 이 드라마가 '귀가시계'라는 별칭이 붙여졌다고도 하고 당시 방영하는 시간대엔 거리를 돌아다니는 사람도 없었다고도 했다. 기준은 새해 첫날도 아닌 시점에 해 뜨는 모습이 보고 싶다는 서희의 제안이 다소 엉뚱하다고 생각되었다. 그런데 서희는 환갑을 맞이해 일출을 보면서 인생 후반을 위한 기원을 하고 싶다고 했다. 서희와 동갑인 기준은 서희보다 생일이 빨라 1월 초에 환갑을 맞이했지만 별다른 느낌 없이 두 딸네 가족과 함께 식사하는 것으로 간단하게 지냈다. 하지만 서희는 특별한 이벤트 없이 환갑을 지내는 것이 좀 섭섭했나 보았다. 서희의 말을 듣고 보니 그 나름대로 의미가 있는 것 같아 흔쾌히 주차장으로 내려가 세워둔 차에 시동을 건 후 깜깜한 고속도로를 달렸다. 기준은 달리는 차안에서 서희에게 물었다.

—정동진역은 왜 하필 그런 이름이 붙여졌을까? '정동진'이라는 내 친구가 있어 그런지 지명이라기보다는 꼭 사람 이름인 것 같아서 말이야.

—광화문에서 정 동쪽에 있다는 뜻이라고 해. 그런데 어떤 사람이 포털사이트의 지도를 축소해 광화문에서 수평선을 그려보았는데 광화문 정 동쪽은 정동진이 아니라 그 아래쪽 옥계 근처라 하더라고.

쉬지 않고 고속도로를 달려와 정동진역에 도착하니 동쪽 하늘이 조금씩 보랏빛으로 물들기 시작했다. 그리고 이내 붉게 달아오른 해가 떠올랐다. 그 순간 서희와 기준은 손으로 하트모양을 만들어 해를 감싸고 주변에 지나가는 사람에게 사진을 부탁했던 것이다. 그 사람이 카메라의 앵글을 아주 잘 잡아 명장면을 찍은 것이었다. 사진을 찍은 후 서희는 두 손을 합장하며 무어라 소망을 비는 것 같았다. 기준은 무슨 소원을 그리 진지하게 기원 했느냐고 서희에게 물었다.

—환갑을 넘은 인생 후반에는 무엇보다 건강이 제일 중요하잖아. 근데 나만 건강하면 뭐해? 당신도 건강해야 되잖아. 그래서 둘

의 건강을 제일 먼저 기원했어. 오래 살기는 크게 바라지 않지만 죽는 날까지 다른 사람한테 도움 받지 않고 살아갈 정도로 건강해야 되잖아.

—맞아. 둘 다 건강해야 되고말고. 나도 이제 퇴직했으니 건강을 위해 우선 당신과 같이 할 수 있는 운동을 좀 찾아봐야겠네. 또 무엇을 기원했어?

그랬더니 서희는 다리 떨리기 전에 기준과 해외여행을 같이 가고 어릴 때 배우다 만 피아노를 계속 배우고 기준과 싸우지 않고 잘 지내게 해 달라고 했다고 속삭이듯 말했다. 인생 후반의 계획을 품은 해는 점점 솟아 구름위로 올라갔다.

정동진역 철로 건너에는 '모래시계 소나무'가 허리가 구부러진 채로 세월을 지고 있었다. 이 소나무를 보자 서희는 오랜 시간이 지났지만 여전히 '모래시계' 드라마의 한 장면이 떠오른다고 말했다.

—당신은 기억 안나? '모래시계' 드라마에서 수배 중이던 윤혜린(고현정 분)이 운동권 신분임이 탄로나 쫓겨 이 역 소나무 앞에서 애타게 기차를 기다렸잖아. 그때 그 심정이 얼마나 초조했겠어. 그러다가 애석하게 혜린은 체포되고 기차는 무슨 일 있었냐는 듯 서서히 떠나고 혜린은 원망스럽게 기차를 바라보고…….

기준은 서희의 얘기를 들으니 그 장면이 어렴풋이 생각나는 것 같았다. 서희는 소나무 얘기를 계속했다.

—그래서 애초의 이 소나무 이름이 '고현정 소나무' 였다고 해. 하지만 그녀가 결혼한 이후 '모래시계 소나무'로 이름을 바꾸었다고 하던데 혹시 그사이 고현정은 다시 왔다 갔을까? 아니면 그녀도 찾

지 않는 소나무를 우리만 밤새 달려와 소망을 빌며 행복을 꿈꾸고 있는 것은 아닐까.

그 당시 서희가 품었던 소망은 환갑 다음해에 발견한 암 때문에 하나도 이루어지지 않았다. 기준은 한치 앞을 못 내다보는 인간의 몽매함을 생각하니 씁쓸했다. 그러나 서희와 함께 정동진역의 '모래시계 소나무'에 기대어 붉게 떠오르는 해를 바라보던 그 시간은 이젠 다시 돌아갈 수 없는 그리움이 되었다.

기준은 한 장의 사진이 말해 주는 추억에 잠겨 있다가 침대에 걸터앉아 헤드 부분 수납장으로 눈을 돌리니 책이 한 권 놓여 있었다. 그 책은 프랑스 작가 생텍쥐페리가 쓰고 그림도 그려 넣은 『어린 왕자』였다. 책 표지를 들쳐보니 "서희야, 43세 생일을 진심으로 축하해. 네가 가장 좋아하는 '어린왕자' 책이 새로 출판되었네. 새로운 기분으로 다시 읽어 보길. 서로에게 오랜 세월 길들여진 사랑하는 친구, 영미가."라는 단아한 글씨가 보였다. 불문과 출신인 서희가 가장 좋아했던 책을 가장 친한 친구인 영미가 생일 선물로 준 것이다. 서희가 위독해져 병원 응급실에 가기 전까지 틈나는 대로 이 책을 가까이 두고 읽은 것 같았다. 그동안 세월이 흐르고 이사를 다니면서도 이 책은 꼭 챙겨간 것 같다. 책 표지가 닳아 낡아 있었고 종이도 약간 변색되어 있었다. 책장을 넘기다 보니 '어린왕자' 모형을 사이에 두고 영미와 함께 찍은 사진이 끼어 있었다. 서희가 어린왕자를 만나고 싶다고 해 기준과도 같이 간 적이 있었던 가평의 쁘띠프랑스 마을에서 찍은 것 같았다. 쁘띠프랑스는 프랑스 마을을 재현해 놓은 곳이다. 그저 이국적인 풍경에만 그칠 수 있는 건물들이 '어린왕자'로 인해 생명을 얻었다. 쁘띠프랑스 건물 곳곳에 '어린왕자'의 얘기들이 숨어 있다.

기준은 서희가 『어린왕자』 책을 자주 가까이 하는 것을 보며 "무엇이 좋아 그렇게 반복해서 읽는지 모르겠네. 나는 한번 책을 보고 나면 다 아는 내용이라 다시 읽기 싫은데."라고 말하자, "시간 날 때 한번 읽어 보면 내가 읽고 또 읽는 이유를 알거야."라고 하며 간단하게 책의 줄거리를 말해 주었다.

─코끼리를 잡아먹은 보아뱀의 그림을 아무도 알아봐 주지 않아 화가의 꿈을 포기한 사람이 나중에 비행기 조종사가 되었어. 불시착하게 된 사하라 사막에서 이상한 소년을 만났는데 그 소년은 그가 어릴 때 그렸던 코끼리를 잡아먹은 보아뱀 그림을 한 번에 알아보았다고 해. 그 소년은 애인인 장미꽃을 자신이 사는 별에 남겨 두고 여행길에 오른 왕자로서 몇몇 별을 순례한 후에 지구에 온 것이야. 어린 왕자는 지구로 와 뱀, 여우, 조종사와 친구가 됐어. 외로운 왕자에게 한 마리의 여우가 나타나 본질적인 것은 눈에 보이지 않는다는 것과 다른 존재를 길들여 인연을 맺어 두는 일이 중요하다는 것을 가르쳤어. 왕자는 이 세계 속에서 자기가 책임을 져야만 하는 장미꽃이 존재한다는 사실에 깊은 뜻이 있음을 깨닫고 자신이 살았던 별로 돌아갈 결심을 해.

"예전의 어린아이인 어른에게 바친다."라는 작가의 말처럼 어른이 된 사람도 이 동화를 읽으면 금세 어린 동심으로 돌아가 위로 받고 꿈을 꾸고 새로운 희망을 갖게 되는 것 같아. 그래서 이 책을 읽다보면 세상에 '어린왕자' 같은 누군가가 존재했으면 좋겠다는 생각을 진정으로 하게 되거든. 나는 결코 '어린왕자'가 될 수 없지만 그런 사람 하나쯤 존재해야 세상은 아름다운 것이 아닐까라는 생각을 하게 돼.

─그런 얘기였구나. 시간 날 때 꼭 한번 읽어 봐야겠네.

그러나 기준은 이제까지 이 약속을 지키지 못했다. 약속을 못 지켜 서희에게 미안한 생각이 들어 책장을 넘기다 보니 서희가 밑줄 쳐 놓은 문장들이 보였다. 아마 서희가 좋아하며 중요하다고 생각하는 문장이었을 것이라 생각했다. 기준은 서희의 감성을 느끼며 줄친 문장들을 꼼꼼하게 읽어나갔다.

◆ "만약 누군가 수백만 수천만 개나 되는 별들 중 어느 별에 단 하나밖에 없는 꽃을 사랑하고 있다면 그 사람은 바로 그 별을 바로 보는 것만으로도 마음이 행복해질 수 있는 거야."

◆ "나도 너에게는 수없이 많은 다른 여우들과 조금도 다를 바 없는 한 마리 여우에 지나지 않지. 하지만 네가 나를 길들인다면 우리는 서로를 필요로 하게 되는 거야. 너는 내게 이 세상에서 하나밖에 없는 존재가 되는 거야."

◆ "그럼 비밀을 가르쳐줄게. 아주 간단한 거야. 오직 마음으로 보아야 잘 보인다는 거야. 가장 중요한 건 눈에 보이지 않아."

◆ "네 장미꽃이 그토록 소중하게 된 것은 네가 네 장미꽃을 위해서 들인 시간 때문이야.

◆ "하지만 넌 그걸 잊으면 안 돼. 네가 길들인 것에 대해 너는 영

원히 책임이 있는 거야. 너는 네 장미꽃에 대해 책임이 있어."

　줄쳐 놓은 문장을 읽어가며 서희는 어떤 마음으로 이런 문장에 줄을 쳐 놓았을까 생각해 보았다. 얼른 보기에 어린이를 위한 단순하고 순진한 한 편의 동화에 불과한 것 같지만 가족, 친구, 연인 등 사람들과의 관계를 어떻게 맺어야 할지?, 혹은 이런 관계를 어떻게 유지해야 하는지에 대해 놀랍도록 본질적인 답과 지혜를 주고 있는 듯 했다. 책 안표지에 영미가 적은 "서로에게 오랜 세월 길들여진 사랑하는 친구, 영미가."라는 글이 특별한 의미로 다가왔다. "40년 동안 나와 서희도 서로에게 길들여졌고 그래서 서로에게 책임이 있는 거야. 이 낡은 책이 더 없이 소중한 것은 서희가 아꼈던 책이기 때문이겠지."라고 중얼거리며 기준은 책의 첫 페이지부터 한 문장 한 문장 뜻을 새겨가며 읽어 나갔다.

　한참 책을 읽어 가던 기준이 눈이 피곤해 져 잠시 쉬려고 베개를 끌어당기니 CD 케이스가 눈에 들어왔다. 리스트, 드뷔시, 플랑크, 사티의 피아노곡들을 연주한 음반의 케이스였다. 케이스가 비어있는 것을 보니 미니콤퍼넌트의 CD플레이어에 음반이 들어 있는 것 같았다. 기준이 CD 플레이어를 켜니 리스트(Frantz Liszt)의 '사랑의 꿈(Liebestraum)'이 흘러나왔다. 기준은 클래식 음악에 관심도 없고 거의 듣지 않았지만 이곡은 서희와 함께 평생 마음속에 간직하고 있는 음악 중의 하나다. 감미롭게 다가와 상처 난 마음을 부드럽게 어루만지는듯하다가 강렬하게 서정을 표현하는 압도적인 피아노 연주가 기준의 마음을 사로잡았다. 마치 살아있는 기준이 세상을 하직한 서희와 음악을 통하여 연결되어 있는 것 같은 착각이 들었다. 서희는 초인적인 피아노 연주 솜씨를 가졌다고 전해지는 연주가 겸 작곡가였던 리스트를 특히 좋아했다. 그래서인지 리스트 탄생 200주년을 맞아 리스트 작품만으로 백건우가 공연 한다는 소식을 접한 서희는 가장 비싼 R석 티켓을 구매했다. 평소 절약하는 서희가 어떻게 그런 거액을 선뜻 들여 티켓을 샀는지 기준은 이해가 되지 않아 투덜거리며 공연장에 따라 갔었다.

　기준은 서희와 같은 대학교에 다녔다. 3학년 때 산정호수로 놀러가는 학과 단체미팅에서 기준의 파트너가 서희였다. 토목공학과에 다니던 기준은 군대를 다녀온 후 복학 했고 서희는 고등학교 졸업 후 취업해 등록금을 모으느라고 좀 늦게 불문과에 입학했다. 기준은 복학한지 얼마 안 되어 후배들과 어울리는 것이 좀 어색했고 서희도 동급생들보다 나이가 좀 많아 학과에서 다소 겉도는 처지였다. 둘은 나이도 동갑이고 학과 내에서의 처지가 비슷해 처음부터 말이 잘 통해 미팅 후 계속 만났다. 첫 데이트를 무교동의 고전음악 감상실에서 했는데 그날 서희가 신청해 들려준 곡이 리스트의 '사랑의 꿈'이었다. 서희는 클래식 음악 중 특히 피아노 연주곡을 좋아했다. 중학교 때 아버지의 빚보증으로 생활이 어려워져 피아노를 배울 수 없게 되어 피아노에 대한 아쉬움이 많이 남아 있어 그렇다고 했다. 신청곡이 끝날 무렵 서희는 음악가 리스트와 그가 작곡한 '사랑의 꿈' 얘기를 들려주었다.

　―리스트는 키도 크고 금발로 눈길을 끄는 외모와 신들린 피아노

연주로 유명했다고 해. 리스트 아버지가 어린 리스트를 데리고 베토벤의 제자였던 체르니를 찾아갔었대. 처음에 리스트를 시큰둥하게 바라보았던 체르니는 건반 위를 춤추듯 뛰어다니는 리스트의 화려한 연주 기교에 입을 다물지 못했나 봐. 체르니는 리스트의 손을 잡고 "이 아이에게 내가 피아노를 가르칠 수 있는 영광을 주겠소? 레슨비는 받지 않을 테니 내게 보내시오."라고 했대. 내가 만약 리스트만큼 재능이 있었고 이를 알아 봐주는 스승이 있었다면 우리 집이 어려워져 레슨비를 낼 수 없었어도 피아노를 배울 수 있었을 텐데 ……..

─리스트가 그럴 정도로 천재였구나. 그런데 윤서희가 재능이 없어서가 아니라 그 재능을 알아보는 스승을 못 만난 거겠지.

기준의 농담 섞인 위로의 말을 들은 서희는 빙긋이 웃으며 얘기를 계속했다.

─리스트는 음악가 사상 최초로 대중의 우상이었다고 전해지고 있어. 오늘날로 말하면 아이돌스타였던 거지. 공연장마다 사람들은 줄을 서서 기다리고 연주가 끝나면 괴성을 지르다 못해 기절하는 여인이 있을 정도였으니까.

─그랬어! 서희 너도 그 당시 살았다면 아마 리스트의 왕팬 이었을 거야. 그런데 '사랑의 꿈'은 어떻게 작곡된 거야.

─리스트는 첫사랑인 마리 다구 백작 부인과 헤어진 후 두 번째 운명의 여인인 비트겐슈타인 공작부인을 만났는데 바로 그 무렵 3곡의 가곡을 썼다고 해. 독일 시인 프라일리그라트(F. Frailigrath)의 시에 곡을 붙인 가곡인데 리스트는 3년 뒤 피아노

독주용으로 편곡해 '3개의 녹턴'이란 제목을 붙였어. 특히 그중에서 세 번째 곡이 바로 '사랑의 꿈'이야. 근데 원래 제목은 '사랑할 수 있는 한 사랑하라(O lieb, so lang lieben du kannst)'라고 해. 이 제목을 보면 리스트가 공작부인에게 느꼈던 달달한 로맨틱한 감정이 넘치는 것 같지 않아?

클래식에 거의 무지한 기준은 리스트와 곡에 대한 전문가 수준의 얘기를 하고 있는 서희가 존경스러울 정도였다. 그 후 기준도 이 음악을 귀담아 들으며 익혀 멜로디를 흥얼거릴 정도였다. 기준은 이 음악이 서희에 대한 추억을 넘어 남은 인생의 소중한 동반자가 될 수도 있을 것 같다고 생각 했다. 마치 서희를 처음 만났던 아득히 먼 과거에서부터 서희가 떠나고 없는 지금 그리고 앞으로 남은 생을 연결해주는 고리가 될 것 같은 느낌이 들었다.

미니콤퍼넌트 옆에 은빛을 띤 서희의 론진(Longines)시계가 눈에 들어왔다. 론진은 거의 300년 전부터 시계를 만들어온 스위스 시계산업의 산증인이라고 할 만한 브랜드이다. 클래식하고 심플한 모양을 가진 고급시계임에도 불구하고 가격이 비교적 합리적이어 기준이 서희에게 선뜻 사 주었던 시계였다. 서희가 출근하는 기준에게 "친정엄마가 오래간만에 오시니 좀 일찍 들어와."라고 해서 평소보다 일찍 퇴근 하고 집에 도착하니 현관 밖까지 서희의 울음소리가 들려왔다. 기준이 놀라 현관문을 열고 들어서니 장모님이 난처한 기색으로 소리치며 울고 있는 서희를 달래고 있는 중이었다.

서희가 중학교 일학년 때 아버지가 보증을 서 준 친구가 사업이 망해 아버지의 월급까지 차압당한 적이 있었다. 그래서 서희는 수업료도 제때 못 내어 종례시간마다 이름이 불러지는 일이 자주 있었다. 집안이 어려워지자 서희 어머니는 집안 살림에 보태느라고 시장 한 구석에서 생선을 팔았다. 서희는 어머니 혼자 생선 파는 것이 안쓰러워 학교가 끝난 후 창피한 것도 무릅쓰고 곁에 같이 있어 주었다. 그런 서희를 대견하게 생각한 어머니는 장사 마친 후 집으로 오면서 10원짜리 동전 몇 개를 서희 손에 쥐어 주었다. 서희는 학교 등교 때는 버스를 타고 가고 하교 때는 30여분 넘게 걸어오면서 돈을 모아 매점에서 라면, 빵 등을 사먹고 친구들한테도 사주었다. 그런데 어느 날 학교에서 같은 반이었던 영미가 시계를 잃어버린 사건이 일어났다. 그 당시 시계는 고가의 물건이었는데 집안 형편이 넉넉했던 영미는 시계를 차고 다녔던 몇 몇 안 되는 학생 중 하나였다. 그날 종례시간에 담임선생님이 반 학생들 모두 눈을 감게 한 후 "지금이라도 영미 시계를 선생님한테 가져다주면 나만 아는 비밀로 하고 일체의 잘못을 묻지 않을 거야."라고 했다. 그러나 끝내 시계는 찾지 못했다. 서희는 거기까지 기억하고 있었는데 장모님이 오신 그날 그 이후 얘기를 들었던 것이다.

　—서희야, 너 중학교 1학년 담임선생님 기억하니? 어느 날, 그 담임선생님이 나에게 연락해 좀 보자고 했었어. 그동안 경황이 없어 담임선생님한테 인사도 못 드리고 해서 부랴사랴 집으로 가서 옷을 갈아입고 꽃을 사들고 학교에 갔어. 담임선생님이 이것저것 가정 사정을 물어 본 끝에 "며칠 전에 서희 친구 영미가 시계를 잃어버렸는데 아직 찾지 못했어요. 이런 말씀 드리기 죄송스러운데

혹시 서희가 시계를 가져간 것 아닐까 해서 어머니를 뵙자고 했어요. 서희가 영미와 매일 붙어 다닐 정도로 친한데 좋은 시계를 차고 다니는 영미를 부러워하는 마음도 어느 정도 있었을 것 같았어요. 또 반 학생들 얘기를 들으니 서희가 수업료도 제때 못 내는데 자주 매점에 들려 군것질을 하고 가끔 친구들도 사 준다고 하더군요. 어머니가 잘 타일러 서희에게 시계를 저한테 가져오라고 하시면 안 될까요? 그러면 저는 없었던 일로 하겠어요."라고 하시더라.

—아니, 엄마는 그런 얘기를 왜 지금 하는 거야! 정말 말도 안 돼. 난 억울해. 엄마는 아직도 나를 의심해 이런 말을 하는 거야. 그 선생님 어디 계시는지 알면 당장 가서 따지고 싶어.

서희는 울부짖으며 소리쳤다.

—나도 네가 절대로 그럴 리 없다고 생각했기 때문에 그 당시 너한테 얘기하지 않았던 거야. 나도 너무 분해 그날 사간 꽃도 쓰레기통에 버리고 왔어. 너는 정직해서 엄마한테 한 번도 거짓말 한 적 없고 동생 물건조차도 전혀 손대지 않는다고 단호하게 말하고 왔어. 그렇지만 너를 의심하는 그 여 선생님이 몹시 원망스러웠어. 너한테 그 얘기를 하면 네가 상처를 받을 것 같아서……

서희가 "그랬으면 그 당시 얘기 해주었어야지! 왜 새삼스럽게 지금 얘기해서 훔치지 않은 것을 증명할 수도 없게 만들어요!"하며 장모님한테 소리치며 펑펑 울었다. 그 얘기를 들은 기준은 마치 서희가 된 듯 억울함이 목까지 차올라서 말했다.

—학생을 가르치는 선생님이 어떻게 확실한 증거도 없이 짐작만 가지고 자기 학생을 도둑으로 몰수 있나! 교육자 자격이 정말 없

네. 우리 같이 그 선생님 찾아서 조근 조근 따져보자.

다음날, 기준은 서희의 억울한 기분을 조금이라도 풀어주고 싶은 마음에 평소 서희가 갖고 싶어 했던 론진 시계를 사 주었다. 론진 시계를 손목에 차면서 서희는 전날의 울분이 좀 가라앉기는 했지만 그 후로도 꽤 오랫동안 "그 여선생을 어떻게 찾지." 하며 분한 표정을 짓곤 했다. 흠집 하나 없이 잘 관리 되어 있는 서희의 론진 시계를 보며 이제라도 어린 제자에게 도둑 누명을 씌운 선생님을 찾아내어 "윤서희는 그때 절대로 시계를 훔치지 않았단 말이에요." 하며 대들고 싶어졌다. 그래야 서희도 편한 마음으로 저 세상에서 쉴 수 있을 것 같았다.

침대 맞은편에 4단짜리 서랍장이 있는데 위 칸에는 기준의 속옷과 양말 손수건 등을 아래 칸에는 티셔츠나 바지 등을 넣어두었다. 서랍장의 위쪽 속옷 넣어 두는 서랍이 조금 열려져 있고 거기에는 새로 사서 빨아둔 기준의 트렁크와 러닝셔츠들이 가지런히 정리되어 있었다. 서희가 위독해져 병원에 입원하기 며칠 전 서희는 기준과 같이 아파트 맞은편에 있는 재래시장에 같이 가자고 했다. 장본 물건들을 서희 혼자 들고 오는 것이 어려울 것 같아 기준도 따라 나섰다. 서희는 시장에 들어서더니 곧장 속옷 파는 가게로 가서 기준의 팔을 잡고 들어갔다. 푸근하게 생긴 중년 아주머니가 서희를 반갑게 맞이했다.

—오늘은 우리 남편과 같이 왔어요. 남편 속 옷 좀 사려고요.

주인 여자가 남성 속옷을 가져와 펼쳐 보여주는 사이 서희는 기준에게 말했다.

—이 가게 사장님이 정직하시고 성품도 좋으셔. 품질도 속이지 않고 좋은 물건을 싸게 파니 앞으로 이 가게에 와서 당신 속옷을 사면 될 거야.

남편의 속옷은 아내가 사주는 것이라고 하며 평생 모든 속옷을 서희가 준비해 주었기 때문에 기준은 자신의 속옷을 스스로 산 적이 한 번도 없었다. 서희는 기준의 양말, 러닝셔츠, 트렁크, 긴 내의, 손수건 등을 평소보다 많이 고르고 난 후 2살짜리 남자 아이 내의를 보여 달라고 했다. 기준은 시희가 왜 어린아이 내의를 사려고 하는지 의아해 했는데 집으로 돌아와 사온 속옷에 붙은 태그를 정리하며 말해주었다.

—내가 죽고 난 후 내 옷을 태울 때 이 애기 내의도 같이 태워줘. 내가 하늘나라에 가면 불이 나서 2살 때 죽은 우리 아들을 제일 먼저 만나야지. 평생 함께하지 못했는데 하늘나라에서는 영원히 곁에서 지켜 줄 거야.

이 말을 하며 서희 눈에 눈물이 젖어들었다. 다음날 새로 산 속옷들을 모두 세탁하여 뽀송하게 말린 후 반듯하게 접어 기준이 꺼내 입기 좋게 서랍장에 가지런히 정리해 놓았다. 기준은 뽀송뽀송한 러닝셔츠와 면 트렁크를 꺼내어 몸에 가만히 데어보니 서희가 자신의 몸을 어루만져 주는 것 같이 부드럽고 따스했다.

기준은 갈증이 느껴져 부엌으로 나가 정수기에서 물을 받아 마시다가 양념 이름이 붙어있는 통들을 보았다. 서희가 병이 위독해져 병원으로 가기 전 스티커에 매직으로 꽃소금, 스테비아, 후추,

참기름 등 양념 이름을 써서 붙여 놓은 것이다. 당뇨 증세가 있는 기준을 위해 설탕 대신 단 맛을 내는 스테비아까지 준비해 통에 가득 담아 놓았다. 그리고 노란 포스트잇에 "당신이 좋아하는 돼지고기 두루치기와 소불고기 양념장은 냉장고 안의 밀폐용기에 넣어 두었으니 고기에 적당량 넣어 주물럭거리면 돼. 나 없다고 끼니 거르면 않돼용."이라고 쓰여 있었다. 기준이 혼자 살면서 식사를 제대로 못할 것을 염려해 서희가 나름 고심해 만들어 놓은 것 같았다. 기준이 해외 출장을 다녀오면 어김없이 밥상에는 고추장 양념을 다소 맵게 한 돼지고기 두루치기와 신선한 상추 깻잎 등이 차려져 있었다. 기준은 유난히 돼지고기를 좋아해 평소에도 돼지고기 두루치기를 자주 먹었다. 기준은 서희가 해주는 것 보다 맛있는 돼지고기 두루치기 요리를 어디에서도 먹어보지 못했다. 서희가 잘하는 또 하나의 요리는 뚝 불고기였는데 불고기 양념을 한 쇠고기를 옹기 뚝배기에 넣고 육수를 부은 후 당면과 야채를 넣고 끓이다가 마지막으로 달걀을 깨서 넣어 주는 음식이다. 생선보다 고기를 좋아하는 기준은 서희가 해주는 이 두 음식을 특히 좋아했다. 그래서 기준이 혼자 이 음식을 손쉽게 만들어 먹을 수 있도록 여러 양념을 섞어 양념장을 만들어 놓은 것 같았다. 냉장고에 들어있는 밀폐용기 뚜껑을 열어 양념장의 냄새를 맡아보니 서희의 손맛이 나는 돼지고기 두루치기와 뚝 불고기가 입안에 맴돌면서 그리움이 사무치게 묻어났다.

서희의 추억에 젖어있자니 그 추억은 그리움을 가득 안은 채 가

버린 다시 못 올 서희와의 지난날을 꾸밈없이 얘기해주고 있다. 비록 서희가 죽기 전의 시간으로 돌이킬 순 없지만 서희의 추억은 오롯이 남아 지금 이 순간에도 기준에게 끊임없이 말을 걸고 있는 것 같았다. 서희와 평생 살아온 삶의 순간순간이 모두 근사했던 것은 아니지만 '추억'이란 이름의 창고 속에는 감미롭고 아름다운 것들로 가득했다. 기준은 잊지 못할 그 추억을 꾸밈없이 영원히 간직하고 싶어졌다. 그 추억 속에 남은 생을 비춰보며 서희와의 지난날을 되새겨 보는 것은 상처받고 힘든 일이 있을 때 기준을 일으켜 세워 줄 소중한 원동력이 될 수 있을 것 같았다. "어쩌면 우리 삶은 추억을 만들고 가끔씩 그것들을 꺼내 보는 일을 반복하는 시간이라고 말할 수 있겠지. 추억이 새로운 미래를 설계하고 실현된 미래가 또 다시 추억이 될 거야. 지금 이 순간도 미래 어느 날 돌아보면 추억이 되어 있을 거야. 오늘은 어떤 추억의 모습을 하고 있을까?"라는 생각을 하자 삶의 매 순간이 모두 중요한 시간이라는 깨달음이 밀려왔다. 그러자 허탈하기만 했던 빈 가슴속에 앞으로 살아갈 힘이 차오르는 것을 느꼈다. 기준은 예쁜 상자를 찾아 서희의 추억들을 정성스럽게 담았다.

기준은 혼자서 2주기 기일에 서희 산소에 갔다. 성묘를 마치고 나오는데 산소 입구로 들어서는 검은색 코트에 스카프를 두른 꽃을 든 여자가 있었다. 영미였다. 아무도 없는 적막한 공원묘지에서 서희와 가장 친했던 영미를 만나니 우선 반가웠다. 기준은 서희의 장례식 후 영미를 까맣게 잊고 있었지만 서희의 추억 속에는 분명 영미가 남편인 기준보다 깊게 자리 잡고 있었을 것이다. 영미는 서희가 기준을 만났던 훨씬 전 어릴 적부터 같은 동네에 살았고 학창시절을 함께했다. 결혼하고 아이를 낳아 기르는 동안 서로 바빠 잠시 뜸했었지만 어느 날부터인가 거의 매일 전화하며 시장도 같이 가고 근교에 놀러 다니거나 해외여행도 함께 다니는 것 같았다. 아마 기준과 함께한 시간보다 훨씬 많은 시간을 영미와 같이 했을 수도 있을 것이다. 천천히 걸어오던 영미는 기준을 발견하고 걸음을 빨리해 서희의 산소로 왔다.

─서희 장례식 후 처음 뵈어요. 서희 기일이 되어 왔는데 이렇게 만나네요.

─고맙습니다. 역시 영미씨는 서희의 가장 친한 친구가 맞네요. 이렇게 잊지 않고 오시다니요. 서희가 좋아하겠네요.

영미는 무덤 앞 제단 옆에 있는 대리석을 깎아 만든 화병에 들고 온 꽃을 꽂고 잠시 묵념을 한 후 무덤에 돋아난 잡초를 뽑아주며 말했다.

─어떻게 지내셨어요? 궁금해서 가끔 안부 전화라도 드리고 싶었는데 전화번호를 몰라서요. 따님들한테 물어보기도 쑥스럽고 이일 저일로 정신없이 지내다보니 어느새 2년이 훌쩍 지나버렸네요.

이때 바람이 휙 하고 불어와 영미 목에 느슨하게 걸친 스카프가 흘러내렸다. 검정 바탕에 자잘한 흰색 꽃무늬가 있는 스카프였는데 영미의 검은색 코트와 잘 어울렸다. 영미는 황급하게 땅에 떨어진 스카프를 주워 목에 한 바퀴 돌려 단단히 휘감아 메면서 말했다.

─큰 일 날 뻔 했네요. 제가 가장 아끼는 스카프인데 바람에 날

려 갈 뻔 했어요. 일본 홋카이도에 여행 갔을 때 서희가 삿포로시의 어떤 백화점에 있는 '이세이미야케' 매장을 찾아내어 제 생일 선물로 사 준 거예요. '이세이미야케'는 고급 일본 패션 브랜드인데 이 스카프를 일본에서 사면 반값에 살 수 있어요. 반값이라고 해도 꽤 비쌌어요. 고가 임에도 불구하고 선물로 사 준 서희의 마음도 있고 스카프도 마음에 들어 제가 가장 좋아하는 스카프예요. 오늘 서희한테 오는 날이라 일부러 두르고 왔어요. 서희는 이 스카프를 알아 볼 거예요.

서희의 산소 앞에서 시희가 사 준 스카프를 목에 두르고 서희의 추억을 말하는 영미를 바라보고 있자니 서희에 대한 기준과 영미의 추억이 어딘가에 맞닿아 있는 지점이 있을 것 같다는 생각이 들었다. 그러면서 영미의 모습에 아주 낯익은 서희의 모습이 서서히 겹쳐졌다. 기준은 이런 모습에서 사별해서 혼자 사는 영미와 자신이 거부할 수 없는 운명처럼 서로 엮여지고 있는 것을 느꼈다.

# 한 시대의 자화상

- 이연숙
『인연의 새로운 마디』 창작집

이덕화(작가포럼 대표, 평론가)

# 한 시대의 자화상
## –이연숙『인연의 새로운 마디』창작집

이덕화(작가포럼 대표, 평론가)


## 1. 들어가기

최근 젊은 작가들의 작품에는 가부장적 남성과의 삶을 결별하고 싶어 하는 소재를 다루는 작품이 많다. 즉 남성과 별도로 주체적인 여성으로 살기 위해 결혼도 마다하고 연애조차 남성이 아닌 여성들끼리 하는 동성애 얘기가 대세이다. 또 남성 자체를 희화해 하거나 무시해버리는 현상은 최근 여성작가들을 통해 동성애 소설이나 바로 꽃미남 판타지를 보여주는 아이돌 그룹 팬픽(fanfic)에 심심찮게 등장한다. 자신의 일생을 화려하게 변모시켜 줄 남자를 기다리는 신데렐라 스토리는 한물간 이야기로 치부된다. 그럼에도 남성이건 여성이건 내면화된 가부장적 의식에 의해 파생되는 다양한 의식의 편린들이 아직도 우리들의 삶을 왜곡하고 있는 것이 현실이다.

이연숙 작가가 소재로 차용하고 있는 가부장적 폭력과 낭만적 사랑은 우리가 이상적 모델로 상정하고 있는 로맨스 가족에 대한 환상에 의한 것이다. 지금까지 산업화 시대를 거쳐 현대화의 길목에서 여성들은 남편들의 월급에 의존하는 현모양처로의 길을 걷는 것이 가장 큰 행복의 하나로 상정해 왔다. 소설로 대성을 한 박경리조차도 전쟁 중에 남편을 잃는 불행을 겪지 않았으면 자신은 소설같은 것은 쓰지 않았을 것이라고 했다. 아들 딸 한 명씩 낳고 알콩달콩 행복하게 사는 이른바 로맨스 가족에 대한 선망은 모든 여자들이 가지고 있는 소망이다. 이 소망으로 인해 많은 직장인 여성들도 일터에서 커리어 우먼으로 성공한 삶임에도 불구하고 가족의 결함을 이유로 행복을 누리지 못하고 있다.

이연숙 작가의 소설에 나오는 여성 인물들은 대부분 성공적으로 직장 생활을 마치기 직전이나 마친 은퇴기에 속한 인물들이다. 그럼에도 과거 남편의 외도에 의한 이혼의 피해의식에 의해 새로운 사랑을 꿈꾸고 있는 인물들이다. 이런 인물들의 무의식에는 대부분 자신을 버리고 떠난 남자에 대한 복수로 새로운 낭만적 사랑을 꿈꾸고 있다. 이런 사랑을 꿈꾸는 데는 그 사랑을 통해서 자신 삶의 무결함을 보여주고자 하는 무의식도 자리 잡고 있다. 이 낭만적 사랑에는 불완전한 개인을 완전한 전체로 만들어 준다는 환상을 심어주는 요소가 있기 때문이다.

사랑의 환상은 삶의 에너지를 충만하게 한다. 이연숙 작가의 작품 전반이 충만한 에너지와 긴장으로 넘치는 것은 남녀 사랑과 삶에 대한 사랑으로 가득 차 있기 때문이다. 작품의 인물들이 퇴직 전에 있거나 퇴직 직후의 인물임에도 불구하고 새로운 삶에 대한 환희와 긴장감을 가지고 있다. 그래서 이연숙 작가의 작품을 읽을 때는 새로운 청춘의 향기 같은 것이 풀풀 풍긴다. 은퇴기 연령의 서사가 아니라 청춘의 이야기처럼 가슴이 뛴다. 이것은 이연숙 작가가 관습적인 규범보다는 삶의 충만함에 더 충실하기 때문이다. 이러한 연령에 억매이지 않는 자유로움이 나이 들었다고 주눅들은 사람들에게 새로운 용기와 힘을 준다.

이연숙 작가의 작품은 전체적으로 두 부류로 분류해 볼 수 있다. 첫 번째는 전 시대의 가부장적 잘못된 관습으로 야기된 가족들의 피폐한 삶을 소재로 쓴 「아버지의 두 얼굴」, 「순분의 봄날」, 「토탈커플」, 「며느리의 비밀서랍」 등의 작품과 두 번째는 낭만적 사랑과 억눌린 욕망 찾기를 소재로 한 「인연의 새로운 마디」, 「사랑의 미망」, 「생선가시 발라 주는 남자」가 있다. 이를 나누어 분석해보고자 한다.


## 2. 내면화된 가부장적 의식과 피폐한 삶


가부장적 폭력은 남성으로부터만 오는 것은 아니다. 남성은 물론 여성도 오랫동안 가부장적 사회 속에서 살아오면서 알게 모르게 익힌 잘못된 관습들이 몸에 배어있다. 그래서 그것을 옳은 것으로 잘못 알고 그렇게 행동하는 것이다. 또 가부장적 사회로부터 온 제도 역시 폭력의 하나이다. 그 중 가장 큰 문제는 그로 인한 열등감으로 인간 간의 관계가 왜곡되고 평생 자신을 불행으로 몰아넣은 사람도 있다는 것이다.

이연숙 작가의 작품 중「며느리의 비밀서랍」의 며느리도 그 중에 한 인물이다. 이 작품의 며느리인 현지는 자신의 잘못도 아닌 아버지의 잘못에 의해 잉태된 딸이 자신이라는 것을 알고 난 후 스스로 열등감에 쌓여 왜곡된 시각을 갖게 된다. 그로 인해 주위와의 관계를 순수하게 받아들일 수 없는 인물이다. 여성들의 내면에 내재해 있는 가부장성은 아직 우리 사회에 잔존하는 가장 큰 문제점 중의 하나이다.

그동안 선영이 친딸처럼 생각해 왔던 현지의 가슴 밑바닥에는 다른 마음이 숨겨져 있던 것이다. 출생의 비밀과 지금까지 버텨온 치열한 생존전략을 깊게 감추어 놓은 서랍이 현지 마음속에 있을 것이라고 짐작조차도 못했다. 어쩌다가 우연히 현지의 비밀서랍을 훔쳐본 선영은 무척 혼란스러워졌다. 진심은 비밀서랍에 넣어두고 오직 잘 보이기 위한 모순적 행동이 몸에 밴 현지를 생각하니 안쓰럽기도 했다.(「며느리의 비밀 서랍」 중에서, p.80.)

위 인용문의「며느리의 비밀 서랍」과 비슷한「토탈 커플」은 그런 가부장적인 의식의 피해를 입은 인물들의 내면을 잘 보여주는 작품이다. 이 작품은 세 커플의 부부생활을 소재로 한 작품이다. 화자인 경란을 중심으로 명희, 순애는 남편들의 왜곡된 가부장적 의식으로 고통 받는 인물들이다.

"토탈커플은 저절로 되는 것이 아니고 서로가 상대방 입장이 되어 온 마음으로 노력해야 이루어지는 것 같아."(「토탈커플」 중에서, p.109.)

위의 인용문으로 보건대 '토탈커플'은 이 작품에서 이상적인 부부상으로 서로 간의 욕망을 조율해 가면서 상대방을 배려하고 함께 더불어 살아가는 부부를 지칭하는 단어이다. 그럼에도 이 작품에 나타난 남편들의 경우를 보자.

경란의 남편은 어릴 때 자신의 욕망을 조절하는 훈련을 받지 못했다. 이것은 남자 자녀의 경우 자신이 원하는 대로 다 해주는 부모들의 남아선호사상에 의한 것이다. 적절한 자신의 욕망을 자제하는 교육을 받지 못했기 때문이다. 그런 남성이 결혼하면 그 버릇은 그대로 잔존해 가정 경제에 큰 타격을 주는 것이다. 부인인 경란이 고스란히 그 책임을 대신 져야 하는 것이다. 욕망을 자제하지 못하는 것은 여성과의 관계에서도 마찬가지이다. 결국 남편의 취미 생활로 진 빚을 갚으며 평생을 바쳐 온 아내 경란은 다른 여성을 만나 바람을 피면서, '그 여성이 자신의 삶의 의미'라는 말을 남편에게 듣는다. 이에 경란은 폭발, 이혼할 수밖에 없는 것이다. 그러나 얼마 지나지 않아 남편은 잘못했다며 경란에게 다시 합치기를 원한다. 이는 이기적인 남성의 면모를 보여주는 것이다.

두 번째 명희 남편은 가부장적 사회가 그동안 남성다운 남성으로 거론해 온 남성의 전형이다. 애인을 두고 친구들과 함께 사창가에 가서 성병을 옮아 애인에게 옮기게 하는 망나니 지만, 자신이 속한 집단이나 가정에는 헌신하며 선택한 여인에게는 끝까지 책임을 지는 형이다.

"울 집 그 인간은 회사에 자기 아니면 일 할 사람이 없는지 매일 술 먹고 12시 넘어 들어오고 휴일도 없이 일했다 아이가. 오죽하면 울 아들이 어느 날 아침에 눈뜨며 침대에 있는 아빠를 보더니 "아저씨는 누구세요?"했다는 것 아니니. 그렇게 가족도 내 팽개치고 몸 바쳐 일한 회사면 뭐하노? 임원도 못 된 채 명예퇴직 해놓고 할 일 없으니 맨날 나만 들들 볶고. 그리고 내가 바쁠 때면 지가 좀 차려 먹을 것이지 꼬박 꼬박 이 나이까지 삼시 세끼 밥상 차려 대령해야 하나."(「토탈커플」중에서, p.86.)

위의 인용문처럼 자신이 선택한 회사에 헌신한다. 반면 철저한 남성 우월 의식을 가진 이 남편은 현재 아내가 처한 입장에 대한 배려는 없다. 그러나 자신의 심장병을 아내에게 말하지 않는다든가, 노후 가정 경제를 위해 철저한 검약으로 함부로 돈을 못 쓰게 한다. 또한 자신이 죽은 후에 아내가 경제적으로 핍박받지 않도록 보험을 들어놓는 따뜻한 면도 더불어 가지고 있다. 이런 남성 우월주의는 가족은 서로 상의하고 합의하는 대상이 아니라 자신이 돌보아야하는 대상이기 때문에 관리하는 것일 뿐 소통하는 것은 아닌 것이다. 결국 심장병으로 어느 날 갑자기 자신이 사는 아파트 욕실에서 돌연사하게 된다. 이런 인물형은 자신의 독주로 결국 자신도 힘들고 가족까지도 힘들게 할 뿐만 아니라, 소통이 되지 않기 때문에

서로 외로운 것이다. 남편에 대해 끊임없이 불평하지만 부인인 명희 역시 가부장적인 의식이 내면화된 인물이다. 너무 인색해서 남자 친구가 마음에 안 들지만 혼전 섹스를 하고 남자 친구가 사창가에서 옮겨 온 병까지 감수하며 결혼을 감행한다. 이미 남편 될 인물이 결혼 후 그런 독주를 할 인물임을 알았음에도 결혼을 감행한 것은 자신에 대한 주체성의 부재를 보여주는 것이다. 그러므로 명희도 자신의 선택에 의해 책임을 져야 한다. 명희 역시 가정을 여성과 남성이 함께 이루어내야 할 책무로 생각하지 않고 남편에게 의지하려는 자세에서 불행은 이미 내정되어 있는 것이다.

다음 순애는 남편보다 시어머니로 인한 고통이다.

"아마 시아버지가 첩을 얻어 사는 것에 많은 상처를 입었고 그 상처가 변질되어 불결에 대한 강박관념을 갖게 된 것이 아닌가 해. 바닥을 손으로 훑어 머리카락 하나라도 떨어져 있으면 못 참고 불같이 화를 내며 욕을 했어. 입에 담기도 창피한 욕인데 "가랑이 찢어죽일 년", "첩 같은 년", "소박맞을 년", "서방 잡아먹을 년" 등 듣고 있기가 너무 힘든 욕이었어. 형제 중에 시아버지를 가장 많이 닮은 우리 재선씨를 시아버지와 동일시해서 나를 남편을 꼬셔낸 첩으로 착각하는 게 아닌가 하는 생각이 들더라. 그래서 내가 불결해 보였고 더러운 것을 깨끗하게 해야 된다는 강박관념으로 청소에 집착했던 것 같아."(「토탈 커플」 중에서, p.101.)

위의 인용문에서 보는 것처럼 순애 시어머니는 자신의 남편에 대한 불결함이 트라우마가 되어 주위의 모든 사물, 심지어 며느리한테까지도 청결함을 요구하는 것을 지나쳐 첩으로 오해하는 지경까지 이른다. 순애 남편 역시 자신 아버지의 첩에 대한 분노를 다른 여성에게 갚는 대물림을 한다. 이는 가부장적 의식이 만든 왜곡된 의식이 얼마나 우리의 삶을 피폐하게 하는가를 보여주는 서사의 한 장면이다.

그럼에도 순애 남편은 비록 사회의 잘못된 가부장적 관습에 의해 잘못 길들여져 왔지만 순애한테는 진정성을 보여주는 인간형이다. 결혼 전 두 사람은 잠시 사귀다 순애가 암에 걸려 헤어졌지만 순애 남편은 어떻게 알고 산삼을 구해 집까지 찾아오고 항암치료를 받는 동안 내내 지켜보며 위로를 해주어 순애에게 감동을 준다. 그러면서 '평생 순애를 견디겠다'는 말로 포로포즈를 한 인물이다. 순애 또한 시어머니의 그런 구박을 받고도 견뎌낸 것은 남편의 자신에 대한 지극 정성 때문이다. 어려운 가운데서도 서로 위로하고 극복해가며 견디어가는 인물들이다. 사업에 망한 순애 남편이 쓰러져 병원에 있는 동안 지극 정성을 다 하는 것은 서로 간의 감동이 삶을 지탱해주기 때문이다.

「아버지의 두 얼굴」 또한 형식과 내용은 다르지만 가부장적 아버지로부터 오는 삶의 피폐함과 또 다른 모습인 아버지의 자식 사랑의 면모를 보여주고 있다. 가부장적 아버지들의 여성 행각은 그 사회가 만든 잘못된 관습에 의한 것이다. 자신의 행위에 의한 아내들이나 자식들의 고통은 생각하지 못한다.

"엄마가 아버지 바람기 때문에 힘드셨고 갱년기를 거치시느라고 감정 조절이 잘 안되셨는지 분노가 일 때마다 우리에게 매를 많이 대시긴 했어. [중략] 엄마에 대한 강한 애착으로 엄마를 힘들게 하는 아버지를 원망하면서 밀어냈던 것 같아. 그러니 엄마는 무슨 일을 하시든지 무조건 이해했고, 아버지는 어떤 일을 하셔도 다 싫었던 거지."(「아버지의 두 얼굴」 중에서, p.48.)

또한 이 작품에서는 아래의 인용문에서 보듯이 자신만의 소통되지 않는 방식으로 가족을 챙기는 또 다른 가부장적 아버지의 특성도 보여주고 있다. 이러한 아버지의 특성으로 인해 「아버지의 두 얼굴」의 '나'는 아버지가 살아 있는 동안 미워하면서 이해하려는 시도조차 하지 않고 지내다가 퇴임을 앞둔 나이에 뒤늦게 그 고마움을 깨닫고 회한의 눈물을 흘린다.

"네 말대로 아버지를 다시 보게 되네. 내가 국립대학교 교수가 된 것은 연좌제 폐지를 위해 애쓰신 아버지 덕분에 가능했던 일인 것을 이제야 겨우 깨닫게 되네. [중략] 내가 교수의 꿈을 이루는 길을 아버지가 닦아 주신 것인데 나는 자식으로서 제대로 해 드린 게 아무것도 없으면서 원망만 했으니 회한이 많이 남네."(「아버지의 두 얼굴」 중에서, p.52.)

「순분의 봄날」 역시 내용은 다르지만 가부장적 의식이 내면화된 할머니가 치매에 걸려 벌이는 에피소드를 다룬 작품이다. 할머니는 치매에 걸린 상황 속에서 6·25 전쟁 중에 전사한 남편의 유골을 찾고 있다. 이 할머니는 남편이 전사했다고 들은 휴전선 근처 철원 야산의 이름 없는 무덤에서 누군지 모르는 유골을 캐내어 남편의 유골이라고 믿고 자신의 집 창고 독에 보관하는 일을 하고 있다.

여기서 초점 인물 순분은 소작농의 딸이고 그의 남편 석재는 지주의 아들이다. 허드렛일을 해주기 위해 석재의 집을 어머니가 드나드는 동안 순분은 따라다니며 대청마루에서 하모니카를 부는 석재를 훔쳐보았다. 동네 처녀들은 누구나 다 흠모하는 석재의 하모니카 부는 모습에 반한 순분은 그 후 그를 사모하게 되었다. 순분이 자신에 대해 관심을 가지고 있음을 눈치 챈 석재가 산에서 일부러 미끄러져 순분의 부축을 받아 내려오며 서로의 마음을 확인하고 주위 반대에도 불구하고 결국 결혼까지 한다. 그러다 전쟁이 나고 석재가 전장에서 목숨을 잃는다. 석재를 따라 목숨을 끊으려고 한 순분이었지만 이미 새 생명이 잉태된 것을 알게 되어 남편 없이 아들을 낳고 석재에 대한 그리움만을 가슴에 품고 살아간다. 석재에 대한 그리움은 한이 되어 유골만이라도 찾아야 한다는 집착으로 점차 변해간다. 그런데 놀라운 것은 순분이 찾은 유골 속에 석재의 유골도 있었다는 것이다.

이루기 어려웠지만 끝내 기적처럼 맺어지게 된 꿈같은 사랑에 대한 집념은 모진 세월을 견디는 동안 결국 치매가 되었다. 석재만을 향한 집념으로 철원에 주둔하고 있는 석재와 비슷하게 생긴 젊은 군인을 사모하게 되고 젊은 군인들에게 코미디감이 되기도 한다.

지주와 소작농이라는 신분 차이로 이룰 수 없는 사랑을 석재의
의지로 이루어냈고 결혼 후에 시대의 구박 속에서도 변함없이 애틋
한 사랑을 주게 되니 순분은 이 사랑이 더욱 더 귀하고 소중할 수밖
에 없다. 거기에 갑작스럽게 석재가 죽게 되니 순분의 삶은 나락으
로 떨어질 수밖에 없는 것이다. 순분의 치매는 순분의 내면화된 가
부장적 의식에 의해서 자신의 삶은 방기한 채 석재만을 생각하고
살아 온 순분 스스로에 의한 것이다. 가부장적 의식에 의해서 배태
된 또 다른 피폐함이다.

치매 상태에 있음에도 치매를 밝히지 않은 채 순분의 유골 채집
과 석재를 닮은 젊은 군인을 사모하는 에피소드는 독자를 의아하게
만든다. 그러나 나중에 치매 상황이 밝혀지면서 순분의 삶에 무한
한 애잔함과 안타까움이 동반되는 멋진 구조를 보여주는 작품이다.


## 3. 낭만적 사랑을 통한 억눌린 욕망 찾기

낭만적 사랑은 개인을 해방시키고 충만 된 삶을 구현하고자하는
낭만적 정신을 바탕으로 하고 있다. 불완전한 개인을 완전한 전체
로 만들어 주는 어떤 것이기도 하다. 그런데 낭만적 사랑은 투사적
동일시에 의존하기 때문에 남녀의 권력이라는 차원에서 보면 비대
칭적이다.

「인연의 새로운 마디」, 「사랑의 미망」, 「생선가시 발라주는 남자」
세 작품은 따로 떨어진 단편인데 연작 같은 형태를 띤 작품들이다.

물론 이야기도 다르고 형식도 다르지만 비슷한 소재로 하고 있기 때문이다.

「인연의 새로운 마디」는 아내인 서희 죽음 이후 애도를 통해서 아내가 얼마나 자신과 완벽한 일체를 이룬 헌신적인 여성이었는가를 보여준다. 다음 작품 「사랑의 미망」은 첫 번째 작품에서 보여주는 완벽한 일체를 이루기 위한 낭만적 사랑의 대상을 만나기 위해 환상에 젖어있는 인물의 모습이 재미있게 그려진다. 「생산가시 발라 주는 남자」는 두 번째 작품에 깔려있는 그런 환상을 통해서 만나게 된 대상자에게 너무 집착한 나머지 남자를 질리게 한다. 결국 시간적 유예기간을 가짐으로써 서로가 서로를 배려한다는 의미를 깨닫고 다시 재회하는 것으로 마무리된다.

「인연의 새로운 마디」는 화자인 기준이 아내 서희가 운명하는 시간부터 시작해서 죽은 후를 애도하는 서사이다. 애도는 운명 후 아내의 유물을 정리하면서 자연스럽게 이루어진다. 암으로 진단받으면서 혼자 쓰기 시작한 방의 침대에 딸린 수납장에 놓인 아내가 즐겨 읽던 『어린왕자』부터 즐겨 듣던 CD, 늘 차던 론진 손목시계, 정동진에서 떠오르는 해를 배경으로 함께 찍은 사진 등 그 사연이 하나하나 소개되고 그 장소와 물건이 얼마나 애틋한 것인가를 말한다. 그 추억 속에는 어릴 때부터 서희와 단짝 친구이고 남편인 기준보다 더 오래된 사이인 영미가 있다.

이 작품의 서사는 궁극적으로 기준과 영미의 운명적인 결합을 스토리화하기 위한 것이다. 그러나 아내가 죽은 지 얼마 되지 않은 시점에서 전면화하는 것보다 두 사람이 서희를 매개로 운명적인 관계라는 것을 나타내면서 후경으로 처리하고 있다. 이는 이 서사가 더 효과적이라고 생각한 작가의 의도라고 볼 수 있다. 영미 남편이 수년 전 교통사고로 사별해 독신이 되었기 때문에 걸릴 것이 없는 만남인 것이다. 두 사람을 2주기에 자연스럽게 묘소에서 만나게 한 것도 서사의 매끄러움에 일조하는 것이다.

> 서희의 산소 앞에서 서희가 사 준 스카프를 목에 두르고 서희의 추억을 말하는 영미를 바라보고 있자니 서희에 대한 기준과 영미의 추억이 어딘가에 맞닿아 있는 지점이 있을 것 같다는 생각이 들었다. 그러면서 영미의 모습에 아주 낯익은 서희의 모습이 서서히 겹쳐졌다. 기준은 이런 모습에서 사별해서 혼자 사는 영미와 자신이 거부할 수 없는 운명처럼 서로 엮여지고 있는 것을 느꼈다.(「인연의 새로운 마디」의 마지막 문장, p.193.)

이 작품의 서사에서 죽은 서희는 거의 완벽한 배우자로 그려지고 있다. 죽으면서까지도 남편이 혼자 사는데 불편하지 않도록 내의류, 다양한 요리소스 등을 준비해 놓는 배려의 배우자였다. 두 사람간의 갈등은 전혀 그려지지 않았다. 애도의 서사이기 때문에 어쩔 수 없는 부분이겠지만 낭만적 사랑을 꿈꾸는 배우자상을 보여주고 있다.

「사랑의 미망」은 위 작품에서 보여주는 완벽한 낭만적 사랑을 토대로 해서 사랑의 환상에 젖어있는 인물을 보여준다. 이 인물은 꿈을 자주 꾸고 거기에 대한 해석까지 확인하며 현실에 자주 적용해 보는 인물이다. 그런데 최근에 새로운 사랑이 시작된다는 황홀한 장면의 꿈을 꾸고 그 대상자를 기다린다. 제약회사를 근무하는 자신 대신 가사일과 육아일을 도맡아서 해주던 자상한 남편이 첫 사랑을 다시 만남으로 남편과 이혼하게 된다.

초점 인물은 사랑의 상처를 회복해주고 퇴직 후의 외로움을 채워줄 새로운 사랑을 만나는 낭만적 사랑의 꿈에 부풀어있다. 자신의 욕망과 꿈이 일체를 이루는 운명의 남자만을 기다리고 있다. 그런데 우연히 옛날 자신이 함께 다녔던 제약회사의 P씨가 다른 회사의 사장으로 발령이 난 뉴스를 접하게 된다. 그런데 친구와 대만 여행을 간 그곳에서 P씨를 만나게 된다. 거기다 너무나 자신에게 친절하게 다가오는 P씨를 통해 낭만적인 환상을 꿈꾼다. 대만에서 3번씩이나 우연적으로 만난 것을 꿈과 연관시키며 운명적인 만남이 아닐까 생각한다.

TV를 볼 때도 함께 TV를 보고 산책을 할 때도 함께 산책을 하고 내가 노트북을 두드리며 소설 작업을 할 때 오타가 나면 '그게 아니야' 속삭이며 글자를 수정해 주었다. 나는 자판을 두드리던 손을 멈추고 그만 망연자실 하여 허공을 쳐다보고 말았다. 따뜻한 미소와 친절함에 팔려 이토록 마음을 내주다니, 아, 나란 여자는 웬 틈이 이렇게 많단 말인가? 무슨 망신을 당하려고 이러는 것인가? 그러나 나는 P사장으로부터 헤어 나올 수가 없었다.(「사랑의 미망」 중에서, p.131.)

위의 인용문처럼 사랑의 환상은 24시간 그녀를 사로잡고 있다. 그러나 여동생이 초청한 연주회에서 그 환상은 단지 자신만의 환상임이 밝혀진다. P씨가 여동생과 같은 앙상블에서 첼로를 연주하는 단원의 남편임이 드러나면서 그 미망에서 벗어난다. 이 작품은 낭만적인 사랑을 꿈꾸는 인물의 이미지를 완벽하게 재현하고 있다. 일테면 콩깍지 씌여지면 그 대상밖에 눈에 들어오지 않은 인물의 환상을 통해서 그녀가 얼마나 절절히 낭만적 사랑을 원하는가를 보여준다. 이 인물의 낭만적 사랑에 대한 환상은 남편으로부터 받은 자신 내면의 상처를 완벽하게 치유 받고자 하는 무의식적 욕망이 숨어 있다. 사회적 성공을 이루어 자아를 실현했던 부족함 없는 자신에게 낭만적 사랑을 할 대상과의 새로운 만남은 삶의 완벽한 마무리임과 동시에 그동안 상처를 치유하는 길인 것이다.

「생선가시 발라주는 남자」는 세 번째 작품에 속하는데 이 작품에서는 여성 주인공이 대상자인 남자에게 먼저 다가감으로써 낭만적 사랑이 실현된다. 혼자서 꿈꾸던 낭만적 사랑의 환상 속 대상자를 만났을 때의 연애 공식은 상대방에 대한 배려와 마음 읽기 그리고 상대방과의 속도 조절이다. 자신의 환상만을 쫓을 때 그 사랑은 집착으로 변하고 그것은 자신은 물론 상대방에게 상처가 되기도 한다. 이 작품은 이런 서사를 잘 보여주고 있다.

이 작품은 전형적인 낭만적 사랑의 여성 욕망의 서사를 보여주는 작품이다. 즉 사랑에 대한 환상과 남자에 대한 헌신, 일부일처제의 결혼제도와 가정적 가치를 중시하는 낭만적 사랑의 공식을 고수한다. 여성 욕망의 서사는 개인화 사회로 접어들었지만 여성을 온

전한 개인으로 인정하지 않는 여성을 가족과 결혼에 묶는 모순성을 반영한다.

　이 작품의 인물은 유학 시기 가난에 찌들은 자신의 삶을 구제해 줄 남자를 만나자 미국에서 박사학위를 취득하는 꿈도 중도 포기한 채 낭만적 사랑을 이루어줄 대상에게 헌신함으로써 자신의 목적을 달성한다. 결혼 생활 중 남편이 운명의 여자를 만났다고 말하자 상처를 안고 이혼을 한다. 그 이후 그녀는 자신을 구원할 대상자를 찾다 우연히 이상적인 남성인 선배 남편을 만남으로써 또 운명의 만남을 하게 된다. 그 남자 부인인 선배는 이미 세상을 달리 한 이 후였다. 처음에는 서로를 이해하고 소통을 하지만 낭만적 사랑에 대한 욕망이 강한 여성은 점차 상대방에 대한 불신이 싹 트기 시작하더니 점차 그 도를 넘게 된다. 휴대폰의 문자를 뒤지고 남자의 일거수일투족을 의심한다. 결국 그가 관장으로 무료봉사하고 있는 복지관에 찾아갔을 때 아들을 교통사고로 잃은 여인을 위로하기 위해 남자가 포옹하는 것을 보고 폭발한다.

　　다음날, 그녀가 술이 깨고 나서 그에게 눈물을 흘리며 사과해 간신히 관계는 이어졌지만 그 후 지속적으로 반복되는 그녀의 여러 가지 집착적 행동은 그를 옥죄면서 숨 막히게 했다. 그녀와 통화하는 것이 두려웠는지 전화조차 받지 않는 일이 많아졌다. 그러다가 그는 결국 휴대폰번호와 e-메일 주소 등 그녀와 연결되었던 모든 채널을 바꿔버렸다. 그에게 전화하면 없는 번호라는 기계음만 나오고 보낸 메일도 되돌아오는 것을 보고 더 이상 복지관이나 집으로 찾아갈 용기가 나지 않았다.(「생선 가시 발라주는 남자」 중에서, p.159.)

위의 인용문은 낭만적 사랑에 대한 환상으로 상대방의 일거수일 투족을 자신과 동일시시킴으로써 상대방에 대한 객관화가 이루어지지 않기 때문에 오는 어쩔 수없는 파국이다. 이런 것은 사랑에 대한 자기 객관화를 이룰 수 있는 시간적 여유를 가지는 것이 필요하다. 일 년 후 다시 만남으로써 두 사람의 관계는 원만하게 이루어진다.

이 세 편의 '사랑'을 소재로 한 연작은 나이가 든 인물들의 서사임에도 긴장감을 가지고 읽게 된다. 이 연령층의 연애에서 나타나는 규범적인 판단이나 주위를 살피는 머뭇거림 등이 전혀 없기 때문에 청춘의 연애 서사 같은 느낌을 준다. 그래서 이 연령층 독자들에게 사랑에 대한 환상을 주고 따뜻한 위로가 되어 줄 수도 있을 것이다.

## 4. 가부장적 사회와 낭만적 사랑

신자유주의가 등장한 이후 무한 경쟁의 개인화 사회로 접어들면서 사람들이 더 이상 사랑을 찾기보다는 생존에 필요한 물적 자산에 관심이 높아졌다. 생존 자체가 힘들어지면서 결혼은 물론 자녀까지도 의미가 없는 오직 자신만의 생존을 부지하는 것으로도 벅차하는 시대에 우리는 살고 있다. 이런 시대적 맥락 속에서 이연숙 작가의 화두인 가부장적 질서로 인한 상처와 그 부산물인 낭만적 사랑이란 소설적 소재는 여성들의 성공적인 자아실현 후 허탈감으로 인한 또 다른 욕망이 도사리고 있다는 것을 보여주고자 하는 것이라고 할 수 있다. 여성이 사회적 실현을 위해 알게 모르게 겪어야 하는 가부장적 질서 속에서의 억압감과 부당한 대우에 대한 보상이 무의식적 욕망으로 드러나는 것이 낭만적 사랑이 아닌가 생각한다.

가부장적 사회에서 여성은 너무 인내하는 것으로 남성은 자신의 욕망을 자제하지 못하는 철부지로서 살아가는 것이 아직도 우리 사회가 안고 있는 큰 문제점의 하나이다. 우리 사회가 이슈화하지 않았던 문제점을 이연숙의 작품에서 이슈화하고 있다는 점에도 의미가 있다. 그런 것이 가정에서나 집단에서도 똑같이 반복됨으로써 가정이나 그런 사람이 소속되어 있는 회사도 그런 사람으로 인해 왜곡 변질되는 것이다. 이연숙 작가는 퇴직할 나이에 운명적인 어떤 힘에 의해서 이루어진 어쩔 수 없는 사랑을 하는 인물들을 소설 소재로 차용하고 있다. 이렇게 남녀 간의 사랑에 초점을 맞추고 사랑을 인물들의 삶 전체를 채우는 것으로 그리는 까닭은 무엇일까. 이는 성공적인 직장으로부터의 퇴임이 주는 그 이후의 심리적 허탈감을 채우기 위한 것일 수도 있고 그동안 상처받은 삶을 보상받고자 하는 보상심리가 들어있는 것일 수도 있다. 그런데 작품 속 인물들은 사랑의 대상을 주체적으로 찾고 있다. 이는 평생 동안 열심히 헌신한 직장 생활을 마친 작가의 또 다른 자아 찾기의 한 방편이 투영된 것일 수도 있다. 즉 사회적 자아와 시대적 폐습에 의해 억눌려 왔던 욕망에 눈뜨는 과정이 아이러니하게도 새로운 사랑이 시작하는 과정과 맞물려 있다고 할 수 있다.

　이 작품들 속의 사랑은 모두 퇴직 후의 사랑이라는 점에서 결혼을 조건으로 한 집안, 학벌, 돈 등이 개입되지 않은 순수한 낭만적 사랑으로 형상화 되었다고 볼 수 있다. 낭만적 사랑이 가지고 있는 교환적 가치는 여기에 개입되어 있지 않다. 그러기 때문에 여기에서의 서사전략은 자기 주도적인 여성 욕망의 서사라는데 의미가 있다. 지금까지의 낭만적 사랑은 신데렐라를 구출하는 남성들에 의해 주도되었다고 하면 이연숙의 작품에서는 여성들의 스스로 사랑을 찾아가는 자기 주도적인 욕망의 서사를 보여주고 있다. 대부분의 이런 자기 주도적인 욕망 서사가 또 다른 사랑이 나타나면 가차 없이 떠나면서 사랑에 미련을 두지 않는 반면 이연숙 작가의 자기욕망 서사는 남은 인생을 끝까지 해로하는 그래서 자신의 삶의 완결성을 꿈꾸고 있다고 볼 수 있다. 이 역시 아직 가부장적 의식의 하나인 일부일처제의 의식이 잔재하고 있음을 보여주는 예이다.
　이연숙 작가의 작품 중 두 작품은 김동인의 액자소설과 비슷한 형태를 취하고 있다. 김동인의 「배따라기」처럼 작품에서 겉 이야기가 있고 겉 이야기의 어떤 인물이 속이야기를 소개한다. 또 김동인의 「광염소나타」에서 평론가가 광인의 이야기를 소개하면서 예술의 목적이나 기능을 소개하는 식이다. 이연숙 작가의 두 작품에는 제3의 인물이 작중 화자의 사랑을 해석하고 심리적으로 설명해주는 역할을 한다. 이렇게 하는 것은 작가가 어떤 소설적 효과를 노린 것일까.「배따라기」는 형제들의 운명적 장난에 의한 불행을 제3자가 소개함으로써 더 애잔한 마음을 들게 한다.「광염소나타」에서는 예술의 역할에 대해서 무지했던 독자에게 예술에 대한 객관성을 제시해주는 역할을 한다.

이연숙 작가의 두 작품에서도 제3자를 개입시킴으로써 화자의 심리를 좀 더 객관적으로 제시해 화자가 자신의 행동에 대해서 반성하게 함으로써 비평의 효과까지 보여주고 있다. 작가가 교수 출신의 작가이다 보니 친절한 비평가 몫까지 담당했던 것 같다. 작품의 서사 구조상 액자소설 형식을 취할 수밖에 없다하더라도 김동인의 시대 독자와 지금의 독자는 다른 측면이 있다는 것을 간과하지 말아야 한다. 즉 최근의 독자는 권위적 작가가 훈계하고 지도하는 김동인 시대의 독자와는 다르다. 그러므로 스스로 이야기를 통해서 의미를 밝혀내는 좀 더 높은 독자가 있다는 것을 상정해야 할 필요가 있다.

---

이덕화

연세대 대학원에서 [김남천 연구]로 문학박사, 현재 평택대학교 명예교수, 작가포럼 대표. 박경리 [토지]학회 연구위원장. 다년간 우수도서 심사위원. 한국여성문학학회, 한국문학연구학회 학회장, 작가교수회 회장 역임.
한길사 3권 기획시리즈『페미니즘과 소설비평』『박경리와 최명희, 두 여성적 글쓰기』『아시아적 신체와 혼종적정체성』『여성문학에 나타난 타자윤리학』『나 속의 너, 너 속의 나, 타자 찾기』『한말숙론』등 다수의 비평집
『흔들리며 피는 꽃』『은밀한 테러』『블랙레인』등 소설집
혼불학술상, 노근리 평화문학상, 이화를 빛낸 상, 문화체육부장관 표창장 등 수상

# 인연의 새로운 마디

이연숙 지음

발 행 처 · 도서출판 **청어**
발 행 인 · 이영철
영　　업 · 이동호
홍　　보 · 천성래
기　　획 · 남기환
편　　집 · 방세화
디 자 인 · 이수빈 | 김영은
제작이사 · 공병한
인　　쇄 · 두리터

등　　록 · 1999년 5월 3일
(제321-3210002510019990000063호)

**1판 1쇄 발행** · 2021년 1월 10일

주　　소 · 서울특별시 서초구 남부순환로 364길 8-15 동일빌딩 2층
대표전화 · 02-586-0477
팩시밀리 · 0303-0942-0478

홈페이지 · www.chungeobook.com
E-mail · ppi20@hanmail.net
I S B N · 979-11-5860-919-1(03810)

이 도서의 국립중앙도서관 출판시도서목록(CIP)은 서지정보유통지원시스템 홈페이지
(http://seoji.nl.go.kr)와 국가자료공동목록시스템(http://www.nl.go.kr/kolisnet)에서 이용
하실 수 있습니다.(CIP제어번호: CIP2020052726)